MW01364244

COMMENT PARLER LE BELGE

Philippe Genion

COMMENT PARLER LE BELGE

(et le comprendre, ce qui est moins simple)

[prononcer : « Coman parlé leu bèlchhh
(é le comprentt', s'ki est mouin sainp') »]

INÉDIT

Points

ISBN 978-2-7578-1812-1

LE GOÛT DES MOTS

UNE COLLECTION DIRIGÉE PAR PHILIPPE DELERM

Les mots nous intimident. Ils sont là, mais semblent dépasser nos pensées, nos émotions, nos sensations. Souvent, nous disons : « Je ne trouve pas les mots. » Pourtant, les mots ne seraient rien sans nous. Ils sont déçus de rencontrer notre respect, quand ils voudraient notre amitié. Pour les apprivoiser, il faut les soupeser, les regarder, apprendre leurs histoires, et puis jouer avec eux, sourire avec eux. Les approcher pour mieux les savourer, les saluer, et toujours un peu en retrait se dire je l'ai sur le bout de la langue – le goût du mot qui ne me manque déjà plus.

Ph. D.

Introduction

« La Belgique est un plaisir et doit le rester. »

Ce proverbe *snullien* (voir *Snul*) résume bien ce qu'est la belgitude. Il y a dans notre pays une truculence incomparable, un sens de la fête, du partage et de la joie, qui font partie intégrante de l'« être Belge ».

Caius Julius Caesar, Jules pour les intimes, aurait tenu ces propos : « De tous les peuples de la Gaule, les Belges sont les plus braves. » Cela n'a pas empêché Goscinny de situer Astérix en Bretagne (puh !). Passons. Si ce dernier avait été belge, on n'aurait jamais eu *Astérix chez les Belges*, et c'eut été dommage.

La Belgique est un territoire qui a appartenu à une flopée de nations. Français, Espagnols, Hollandais, Allemands… Il n'y a quasiment que la Chine et le Burundi qui ne nous aient jamais « possédés ». De ces invasions successives découle une perméabilité à la culture étrangère, faisant de notre pays une sorte d'éponge européenne, adaptée et adaptable au mélange des cultures, langues, cuisines, modes d'expression, arts…

La Belgique est le creuset de l'Europe, ajouterai-je – histoire de faire le malin avec une métaphore un peu chimique. À l'intérieur de nos frontières cohabitent une communauté francophone, une communauté néerlandophone et une communauté germanophone : deux calmes, une énervée. En effet, deux de nos communautés sont assez *cool* et tentent de profiter de la vie avec sérénité, sans trop s'en faire, alors que la troisième (l'énervée) est toujours mécontente, insatisfaite, demanderesse de changements, de réformes, etc.

Mais ce n'est pas tout. Nous hébergeons aussi des microcommunautés turcophones, arabophones, italophones, gaffophones (dirait Franquin), aprémididinphone (dirait Mallarmé, ce célèbre objecteur de conscience), heu, etc., qui sont liées aux vagues successives d'immigration. Il existe également de nombreuses communautés anglophones et autrophones liées à la présence chez nous de bases américaines, de la Commission et du Parlement européens, ainsi que de l'Otan et d'autres institutions européennes ou internationales. Ce petit pays, indépendant depuis 1830 malgré les tentatives de certains extrémistes flamingants de le séparer en deux, reste uni pour le meilleur et pour le rire.

Trois langues nationales existent donc, mais aussi une myriade de dialectes locaux. Le néerlandais, langue officielle de la région flamande, est prononcé chez nous un peu différemment de sa version « officielle », parlée aux Pays-Bas. Le néerlandais parlé à Amsterdam a été maintes fois réformé, modernisé, et accueille volontiers en son sein des expressions françaises ou anglaises, sans redouter une quelconque perte d'identité originelle. En Flandres, c'est une autre histoire. On tente apparemment à tout prix de protéger une langue de plus en plus menacée par les invasions francophones du Sud et de l'Ouest, et surtout par l'avancée constante de l'anglais dans le monde des affaires. Outre une prononciation légèrement différente du néerlandais, il existe de nombreux patois locaux, qui rendent le flamand parlé au Limbourg (à l'est) quasiment incompréhensible pour un pur Gantois (à l'ouest). Cela reviendrait à essayer de faire dialoguer un vieil indépendantiste breton et un ancien de la Canebière ; ou mieux, deux Parisiens snobs désirant mettre en exergue leur appartenance à des arrondissements différents. Pire encore, un ancien maire de Neuilly avec le reste de son pays.

En Wallonie, il y a le français bien sûr, tel qu'on le parle en France, avec toutefois les petites particularités qui constituent l'essentiel de cet ouvrage. Mais il y a aussi le wallon, un dialecte, ou plutôt une langue totalement différente du français, et qui trouve ses racines dans l'allemand et le vieux « françois ». Le wallon n'est pas une « version accentuée » de la langue officielle, comme le sont la plupart des dialectes locaux flamands basés sur le néerlandais. C'est une langue à part entière, avec sa grammaire, son orthographe, ses accents, et sa culture propre. De nombreux mots wallons n'ont de fait aucune parenté avec le français. Aussi hétérogène que les différents dialectes flamands, le wallon liégeois est différent du namurois, de l'ardennais, du gaumais, de celui de Charleroi, de Tournai ou de la région du Centre (La Louvière, Mons) et du Borinage, et il se peut qu'un Tournaisien ne comprenne qu'à moitié ce qu'un Liégeois lui dit, surtout si ce dernier a bu beaucoup de *Pèket* (alcool de genièvre distillé par une nommée Geneviève – voir *Pèket*).

Enfin, il existe à Bruxelles, ville à 90 % francophone quoique enclavée en territoire flamand (et bien que la Flandre la revendique comme capitale – ce qui est illogique et parfaitement ridicule mais bon, ils sont têtus), un dialecte nommé *brusseleir* (ou *brusseleer*) dont le « centre de gravité » est le quartier des Marolles, situé au cœur de la ville. Un mélange truculent et sonore de flamand et de français, avec de nombreuses expressions colorées et amusantes, à l'image de l'esprit bruxellois.

Cet ouvrage reprend l'ensemble des mots et expressions utilisés par les Belges dans la vie de tous les jours. Il ne s'agit pas d'un dictionnaire du wallon ni du *brusseleir*, même si on y retrouve des mots issus de ces dialectes (parfois employés chez nous au cœur d'une phrase en français). Dans cet ouvrage de vulgarisation, les mots wallons et *brusseleir* seront écrits de manière la plus « phonétique » possible, pour aider nos voisins charmants mais ignares à mieux prononcer nos « belgicismes ». Désolé pour les puristes !

Par ailleurs, il se veut informatif, certes, mais surtout drôle. Parfois caustique, parfois grossier, jamais vulgaire. Et si par mal/bonheur c'est le cas, faire rire reste mon seul et unique but, mon credo, ma sinécure, mon sacerdoce, snif, et c'est toujours avec tendresse que je survole ici, sans prétention aucune, ce qui fait la langue en Belgique. Parti d'une petite liste rigolote sur mon site web personnel, ce *thesaurus belgissimus* s'est étoffé au fil des ans. Depuis que le projet de ce livre est né, j'ai consciencieusement récolté tous les mots que j'entendais prononcer autour de moi, ainsi que les suggestions d'amis et connaissances désireux d'apporter leur pierre à l'édifice. J'ai été le filtre vivant de son contenu : seuls les mots que je connaissais ont été ajoutés. En effet, à soixante-deux ans, si je n'ai jamais entendu un mot ou une expression, c'est qu'elle ne doit pas être vraiment « usuelle ». (En fait j'ai quarante-sept ans, mais depuis dix ans je dis à tout le monde que j'en ai quinze de plus, comme ça on me complimente sans cesse de « Oh, mais tu ne fais paaaas du tout ton âge !? » ou de « Mais t'as encore de beaux restes pour un mec aussi vieux ! » ou

« Wow, sexygénaire ?.... Et toujours étanche ? », réflexions toutes, ma foi, fort agréables à entendre, sans compter qu'on me prie de rester assis et qu'on m'apporte à boire. Je conseille à tout le monde d'opter, comme moi, pour la catégorie des « vieux » : elle est bien plus avantageuse que celle des « adultes », où on ne vous fait aucun cadeau.) S'il y a des mots qui manquent, c'est que personne ne les a prononcés autour de moi depuis trois ans, ou que je suis un peu sourd (à mon grand âge c'est normal), ou que personne n'y a pensé, voilà tout. Oh, et puis arrêtez de vous plaindre, à la fin, j'ai fait de mon mieux ! Hein, vous n'êtes pas encore contents ? Mmm... Quoi, tu cherches misère ? Mais tu vas voir ta gueule !

Bonne lecture,
Philippe

A

S'ABAISSER

Comme en français, on s'abaisse à faire quelque chose d'indigne de son rang. Mais signifie aussi « se pencher » : « Jean-Luc, mon chéri, fais attention en récoltant les carottes cette année, tu sais que la vieille d'en face a acheté des jumelles, et quand tu t'abaisses, on voit ton début. »

ABI

Vite ! Cri souvent répété plusieurs fois de suite, typique de la femme d'un certain âge ressentant le besoin urgent d'aller faire pipi et se précipitant soudain vers les toilettes en poussant avec empressement ceux qui bloquent son chemin tout en criant « Abi abi abi » d'un air paniqué. Souvent suivi d'un long soupir de satisfaction et d'un bruit de chasse d'eau ou, alternativement, d'une requête de *torchon* (voir ce mot).

À FOND

« Cul sec ». Plutôt avec une chope et entre étudiants, ou au nouvel an en buvant une goutte chez matante (voir *Monnonk*).

Ainsi

Comme ça, de cette façon. « Ainsi, *sééées* » : de cette manière, voyez-vous.

Ajoute

En belge, le mot ajout peut aussi être féminin. Une *ajoute* : un supplément (voir aussi *Rawette* et *Lichette*).

Allez !

Mot multifonctionnel. « Allez hein, te laisse pas aller » ou alors « Mais allez, qui a fait ça ? » ou enfin : « Allez, pourquoi tu dis ça ménant ? » Variante : *alleï* en *brusseleir*. Également moitié d'un groupe de funk-wave bruxellois des années quatre-vingt formé d'anciens Mad-Virgins, anciens Cherokees et futurs *Snuls*. Aussi utilisé pour dire « Mais enfin » ou pour encourager son équipe favorite dans les stades : « Allez les Verts » en France, par exemple. À Liège, on dira plutôt « Allez Standard » (suivi de cris de joie), à Charleroi « Allez les Zèbres » (suivi d'un « Ohhh... » de déception). Dans les églises, on criera de préférence : « Allez Louya » (quoique personne ne semble savoir qui est ce mystérieux « Louya », ni d'ailleurs l'énigmatique « Birou », dont l'Église prétend qu'il était au-dessus de cette pauvre Bernadette).

Amélie Nothomb

Trésor national. Sorte de lychen, hybride symbiotique entre l'intelligence et l'absurde. Délicieuse.

Américain

Hachis de bœuf cru mélangé avec des épices, de l'œuf cru, éventuellement adjoint de sauce anglaise Weusteuchaiyeure, et/ou Tabasco et/ou de sauce américaine, et accessoirement avec des câpres, cornichons, etc. Se mange seul avec des frites, ou en sandwich. Honteusement appelé « steak tartare » dans des pays litigieux. Particulièrement apprécié de gros Bourguignons nommés Jean-Marc (*private joke*), ainsi que par les habitants du TABIC (Territoire Autoproclamé Belge Indépendant de Courbevoie). Parfois servi avec une fine couche de caviar osciètre, comme à la « Maison du Bœuf » à Bruxelles.

AMIGO

Poste de police ou cachot. « Il a été emmené à l'Amigo » : on l'a arrêté. « Où's'qu'il est ton portefeuille Nowell ? – Hips... Ben dans... dans mon portefeuille... Hips, monsieur l'agent, mettez-moi les menottes, je veux aller à l'Amigo. » Étrangement, désigne aussi le nom d'un petit hôtel très luxueux de la capitale, situé non loin du... poste de police !

AMITIEUX

Tendre, faisant des bisoux, le terme est un peu plus fort que « amical » et un peu moins que « amoureux ». Un enfant qui aime faire des câlins est *amitieux*. Un chien qui fait des grosses lèches est *amitieux*. *Michel Daerden* (pour les lecteurs non belges, membre du gouvernement wallon) est *amitieux*.

S'AMUSER

« Avoir une relation sexuelle hors mariage » : baisouiller. Expression assez ancienne, pré-révolution sexuelle. Se dit typiquement des filles faciles qui ne « courtisaient » pas officiellement pour se fiancer et se marier, mais couchaient directement : « Oh celle-là, elle s'amuse avec le fils Zamzam. »

Ça servait aussi pour dénoncer l'adultère, entre commères : « Maaaaaaa vous savez, madame Lecomte m'a raconté qu'elle a vu la veuve Dupont entrer chez monsieur Saumon, et ressortir une heure après. Ils s'amusent. C'est sûr. Maaaaaaa !!! »

Andalouse

Sauce orangée, un peu piquante, parmi la trentaine de sauces disponibles dans toute friterie qui se respecte (en compagnie par exemple de la sauce riche, rose clair, ou de la sauce samouraï, biki ou tomagrec, version raccourcie de tomate à la grecque, de la sauce Américaine, etc.). Très bien aussi sur les *belcanto*, *poulycroc* ou *viandelle*, ainsi que dans les *mitraillettes*.

Anguilles au vert

Plat typique belge : tronçons de jeunes anguilles de rivière préparés dans une sorte de boue verte faite de toutes les herbes du jardin. Leur forme et leur apparence n'ont rien à voir avec Dominique Rocheteau, ni avec le priapisme éventuel de joueurs de football stéphanois.

À pouf

Au hasard. En wallon, se dit aussi *à gaille :* « Laquelle on choisit ? – Oh, on tape à gaille. » Rien à voir avec « se taper une pouffe », sorte d'ode au boudin, ni avec « Mariah Carey est une énorme pouffe », rengaine d'Ariane Massenet au « Grand Journal » de Canal Plouffe.

Après

On l'utilise comme tout le monde, dans des phrases comme « On sortira après l'averse », « On se souvient de l'ambiance après la guerre... » ou « Après le Condrieu y a plus rien ». Mais en Belgique, *après* peut aussi ponctuer la fin d'une phrase et signifier « à cause de tout cela », comme dans « Arrête de ronger tes ongles, tu vas encore avoir mal aux orteils après » ou « Je t'avais dit de changer de caleçon, alors maintenant, arrête de gratter tes boutons, tu vas encore foutre des croûtes dans tout l'divan, après ! ».

Ardennes

Région et massif recouvrant le sud de la Belgique et débordant sur le nord de la France. *Arduinna* serait un nom d'origine celtique désignant une forêt située au sein du massif de l'Ardenne (ainsi que le nom d'une déesse celte). Le premier à en avoir parlé aurait été Jules César. Les Ardennes, en Belgique, ça veut dire tout le sud de la Wallonie, dans la botte formée par le bas des provinces de Namur et de Liège, ainsi que la quasi-totalité de la province du Luxembourg. Chez nous, quand on était gamins, la proposition « On part en vacances » était d'office suivie soit par « à la mer », soit par « dans les Ardennes ». C'était l'un ou l'autre. Et par une sorte de phénomène d'osmose régionale, la plupart des Wallons allaient en vacances à la mer du Nord, et la plupart des Flamands dans les Ardennes... Les saisonniers faisaient le chemin inverse, des tas d'étudiants francophones se retrouvaient serveurs dans les cafés de la digue à La Panne ou Westende, et leurs collègues flamands guides aux grottes de Han, au domaine de Chevetogne ou à feu le parc des Castors à Maizeret ! Le produit principal des Ardennes sont les salaisons. Saucisson d'Ardennes, pipes d'Ardennes (petits saucissons secs), pâtés ardennais, sans oublier le célèbre jambon d'Ardennes, jambon fumé de cochon ou de sanglier.

À S'NAISE

Littéralement : à son aise. En toute décontraction. L'expression dénote dans le chef de celui qui l'utilise une pointe d'admiration pour l'imperméabilité au stress de celui dont il parle. Également traduisible en marseillais par « tranquiiiilllle ».

ASTAMPÉ (wallon)

Debout. *S'astamper* : se lever. *Astampé* : debout. Par extension, désigne un individu qui poireaute quelque part, fait le piquet devant une entrée ou attend quelqu'un à un point précis sans en en bouger. Peut aussi qualifier un pilier de bar : « Astampé au bar, au comptoir, près de son tabouret. »

ASTRUQUER

Avaler de travers. On prend la bière en bouche, on veut parler et ça va dans le mauvais tuyau, on tousse afin d'expulser le liquide : on a *astruqué*. « Ne bois pas cor ta Kwak trop vite, Wilhelm, tu vas cor astruquer ! »

À TERRE

Sur le sol, par terre. « Jacky, où est ton paquet de frites ? – Je l'ai jeté à terre, Matante. – Eh bien, tu en es un de dégueulasse ! »

ATHÉNÉE

Lycée. Jusque dans les années *septante*, quatre-vingt, les écoles du niveau secondaire (de douze à dix-huit ans) s'appelaient athénées (souvent quand elles étaient réservées aux garçons) et lycées (souvent quand elles étaient réservées aux filles). Vers 1979, l'arrivée de la mixité dans les écoles de ce niveau a conduit de manière parthénogénétique beaucoup d'athénées à changer leur nom en « lycée ». La plus célèbre est l'Athénée royal de Charleroi, dont sont sortis de grands génies comme le génial professeur Meurrens, les gardes des Sceaux Gillain (ils sont deux), le génial scénariste Nihoul (rien à voir avec le pâtissier bruxellois), les Massin, les Simons (équivalents belges des Foucault) ou encore les Daloze, dynastie de buveurs de coca fêtards spécialisés dans les photocopieuses. Parmi ses professeurs célèbres, on citera monsieur Bousette (dont les oreilles lui avaient permis de faire son service militaire dans l'aviation comme anémomètre), monsieur Martin (qui a réussi à me faire comprendre le fonctionnement de la roue de Barlow, moi qui ne sais même pas me servir d'un cric), monsieur Guillaume (qui m'apporte chaque année l'annuaire des anciens), monsieur Hanon (qui m'a appris qu'on ne disait pas « s'il vous plaît » mais « voici »), Mlle Moucheron, qui adorait mon anglais et ma capacité à parler d'autruches ou de pangolins au sein de mes rédactions dans la langue d'Oscar Wilde et de Quentin Crisp, ou encore monsieur Quertinmont, qui possède le triste titre d'être celui qui m'aura fait faire le plus de sport de toute ma vie (ce que je déteste, tout comme Churchill, à qui, quand on lui demandait d'où il tenait sa forme et sa longévité, posait son verre de Brandy, tirait deux fois sur son cigare et répondait « *Never Sport* ! »). Une des annexes les plus célèbres à l'Athénée de Charleroi fut, et est toujours, le Nautilus, débit de boisson rock bien connu, où je mis un jour KO l'infâme bagarreur Huygebaerts, seul acte de pugilat vaguement viril dont je puisse me vanter. Hips.

AUTRE

« Mais, tu n'es pas comme un autre ! » signifie « Tu es anormal » ou « Mais qu'est-ce qu'il te prend ?! ». Se dira, par exemple, de quelqu'un commandant une pizza avec des ananas dessus, ou d'un fan de Lara Fabian.

Avance

L'expression « Il n'y a pas d'avance » signifie « on ne peut rien y faire », « ça ne fera pas avancer les choses, ça ne changera rien ». Expressions similaires : « On a beau faire… » ou « On a beau dire… ».

Avoir

Auxiliaire parfois utilisé de manière incorrecte à la place de « être ». Exemple : « J'ai tombé. » Comme disait Bernadette : « Michel était sur la chaise, avec son orteil gangréné qui était tombé, j'ai voulu aller à la cave rechercher des Gueuze, il a mis sa béquille alors j'ai tombé. Regarde comme je suis arrangée ! »

Avoir beau (quelquechose)

Exemples : « J'ai beau lui dire de mettre sa cagoule, il ne veut pas. » Ou encore : « J'ai beau goûter de la cervelle, je n'aime toujours pas. » Ou enfin : « J'ai beau essayer, je n'aime pas ce garçon ! »

Avoir bon

Avoir bon : ressentir du plaisir. Exemples : « Oh, j'ai bon, j'ai bon », ou « Oh chérie, j'ai bon à ma quette ». Mais aussi : avoir donné la bonne réponse. Exemple : « Prof ? Prof ? À la question douze, j'ai bon ? » Contraire de « Mertt' j'ai mauvais ».

Avoir facile

Ne pas rencontrer de difficultés, *avoir de l'aise* à quelque chose. « Mais t'as facile, toi… » signifie « Il est aisé pour toi de dire cela, tu n'es pas celui qui doit ramasser les morceaux après ». Se dit souvent à quelqu'un qui se permet d'expliquer aux autres comment réaliser une tâche, alors qu'il est lui-même confortablement assis. « Ne pas avoir tous les jours facile », expression commune indiquant une sorte de plainte face à un état permanent : « Je n'ai pas tous les jours facile » : se dit de quelqu'un qui vit avec une personne compliquée, exigeante ou combinant « très chouette » et parfois « très chiante » (comme moi).

B

Babelleir (*brusseleir*)

En tant qu'adjectif : bavard, verbile. En tant que substantif : individu qui parle sans cesse, sans discernement, qui a toujours quelque chose à dire sur tout et n'importe quoi ; sorte d'incontinent verbal au discours souvent creux, dépourvu à la fois de sens et d'intérêt.

Babelutte

Sorte de caramel au miel ou à la cassonade, traditionnel de la côte belge et de la région de Veurne. Se présente soit sous forme de caramels individuels (de la taille d'un bonbon), soit sous forme de longs bâtons d'environ deux centimètres d'épaisseur et quinze centimètres de long, à sucer ou à lécher lentement, et dont les enfants raffolent (oui oui, je sais, avec ça, j'aurais pu faire une blague sur Dutroux et Fourniret, mais t'es folle, après ils vont interdire mon livre au Vatican et à Laval !). Certaines personnes disent *babelutte* pour *babelleir* alors que le *babelutte* est l'antidote contre le *babelleir*. En effet, si le *babelleir* vous ennuie, mettez-lui une *babelutte* en bouche, il se taira. D'ailleurs, *babelutte* proviendrait des mots flamands *babelen* et *uit*, qui signifient en français « parler beaucoup » et « terminé » : c'est tellement bon que c'est capable de rendre muet même le plus bavard des bavards.

Bacala (ou Baccala)

Insulte commune, sorte d'hybride entre *baraki* et *bacalhau*, la morue séchée portugaise. Je pense qu'on pourrait traduire – ou plutôt interpréter – *bacala*, approximativement et toute connotation anti-océanique exclue, par « gros con puant » ou encore « putride bordéloïde poissonneux ». Rien à voir avec Bobby Baccala, célèbre personnage des « Sopranos », ni avec l'excellent groupe Baccara, dont les membres, malgré leur nationalité espagnole et le fait qu'elles soient des stars en Italie, prononçaient l'anglais à la portugaise (*Yesch Chir, I can Boukie... Bouki Voûggie, Oll Nylonnnnn*).

Balatum

Sorte de tapis de sol en vinyle, souvent à motifs incrustés d'une grande laideur, fort prisé dans les années soixante, *septante* (d'où la laideur). On prononce « balatomme ». Aussi faux adjectif pouvant rapporter à un lac hongrois.

Balle de guerre (Être remonté à)

Être très très énervé, ou très fâché contre quelqu'un : « Oui, son patron lui a refusé son augmentation pour la troisième fois, du coup il est remonté à balle de guerre. »

Ballekes (*brusseleir* ; typicité bruxelloise)

Boulettes de viande hâchée cuite (bœuf, veau, porc), servies chaudes avec sauce et frites ou froides dans les cafés ou friteries. Plus au sud de Bruxelles, on les appelle boulets, boulettes ou *vitoulets*. Sauce tomate évidemment. Avec des frites qu'on écrase à la fin dans l'assiette, trop bon ! Chez Fernez (excellent restaurant de Baudour), elles remplacent les mignardises (parfois à emporter).

Balle-pelote

Jeu de paume belge. De ce jeu provient l'expression « Ça vaut quinze et une chasse », signifiant « Tu as réussi », ou « Bien dit ! ».

Baraki

Le concept du *baraki* est absolument fondamental dans la compréhension du belge, et va donc nécessiter un texte plus long que les autres mots. Au sens propre, *baraki* signifie forain. Au sens figuré, désigne une personne n'ayant pas de maison, vivant dans une « baraque » ou une roulotte, et, par extension (du fait de quelques poncifs racistes antinomadiques pas très jolis mais bon, malheureusement, ça existe), une personne n'ayant pas d'ordre, vivant de larcins ou de magouilles diverses, ne tenant pas ses engagements, à qui on ne peut pas faire confiance, n'ayant pas de domicile fixe et/ou dont la vie n'a pas de stabilité.

Ce mot est régulièrement utilisé pour invectiver d'autres conducteurs qui font les *saisis* sur la route. Par exemple : « Bouge ta caisse, va, baraki ! » Les *barakis* conduisent souvent de vieilles voitures roulant encore à l'essence « normale » ou « avec plomb », couvertes d'autocollants « Judo Club Couillet-Queue », « Club de dressage de Pitbull Johnny », « Fan-Club Bruce Lee Roselie Panama », « Royal Pouchia Club des Lanceurs de Boudin du Camping de Poupehan » ou « Bébé et Bière à bord ».

Les *barakis* ayant un peu plus de sous s'adonnent à une activité particulièrement barakiesque : le tuning. Ils ont généralement une VW Polo ou une vieille Golf pourrie qu'ils équipent de *spoilers* (sortes d'extension de carrosserie de type « rallye ») rose fluo ou violets, et d'une sonorisation de type

« BOUM BOUM BOUM FUCK YA BITCHA BOUM BOUM » coûtant trois fois le prix de la voiture. Certains *barakis* ont également de vieilles BM retapées à base de pièces rachetées au marché noir à Monceau. Le *baraki* ne paie pas l'assurance de sa voiture, donc s'il a un accident, en général, il fuit, ou tente de négocier un paiement à l'amiable au sujet duquel vous n'aurez plus jamais de ses nouvelles. Le *baraki* est rarement solvable, mais, par contre, absorbe très bien toutes formes de liquides, surtout alcoolisés, tant qu'ils ne sont pas chers.

Le *baraki* n'est pas toujours méchant. Parfois il est *baraki* malgré lui, comme par exemple s'il provient d'une famille de *barakis*. En effet, les *barakis* ont tendance à se reproduire. Le mot *baraki* peut même être utilisé de manière amicale, tout comme, entre copains, on peut se traiter de couillons, de cons, ou de *malins*. Malheureusement, cette utilisation n'est pas toujours bien perçue par les intéressés. Particulièrement, ai-je remarqué, s'ils portent des chapeaux ridicules et se prennent, malgré cela, bien trop au sérieux… Par exemple, toute société ou groupement ayant pour costume traditionnel le sombrero pourrait être traitée de « joyeux barakis mexicanoïdes ». Ce ne serait pas méchant, ni calomnieux et encore moins hargneux. Ce ne serait qu'une question d'observation et de bon sens. Et s'ils le prenaient avec humour, on serait certainement heureux de danser la cucaracha avec eux, en buvant des litres de margarita en leur compagnie, tout en leur collant des nachos au fromage fondu à l'arrière de la veste, un peu comme un ceviche d'avril.

La version ultime du *baraki* est « baraki de kermesse ». Là, c'est la totale. Il existe une émission, diffusée sur plusieurs chaînes de télé, qui montre régulièrement de fabuleux exemples de fantastiques *barakis* : « Confessions intimes ». On y voit des *barakis* – qui vivent souvent avec d'autres *barakis* – qui cherchent des solutions à leurs problèmes de *barakisme* en se hurlant dessus, ce dans des volumes sonores variés et coloré d'accents aussi divers que vulgaires. C'est un spectacle irrésistible et très jouissif.

Une très belle dissertation sur le concept du *baraki* a été rédigée par Thom Louka, fils de Paul Louka, célèbre chanteur belge et grand amateur de bières, équivalent wallon de Francis Lemarque ou d'une version hydride chantante de Jean-Pierre Castaldi croisé avec un bouvier. Dans cet ouvrage fort complet, Thom détaille les origines géographiques du *baraki*, son langage, sa nourriture (frites, frites, hamburgers et frites), son intérêt pour les boissons à base de houblon, son habillement (jogging, training, vieux jeans et t-shirts Steven Seagal), etc. C'est sublime. Mais mon éditrice cruelle amazone, avare de procédures et d'épistoles de cession de droits, a décidé de ne pas l'inclure en annexe de cet ouvrage comme je l'avais suggéré, vous pourrez donc le découvrir sur mon site si vous le trouvez...

Voir aussi les sites qui lui sont consacrés (entre autres *www.monbaraki.com*) ainsi que les nombreuses vidéos hilarantes, disponibles sur Youtube ou Dailymotion sur simple recherche du mot *baraki*.

Baudet

Âne. Par extension, mauvais élève (susceptible de porter le bonnet d'âne). Individu bête, stupide, ou n'ayant aucune éducation. Version ultime, le « baudet de kermesse » est le roi de la bêtise (voir aussi *Bedot*, *Biesse* et *Malin*).

Bauyard

Connard, imbécile. Désigne principalement quelqu'un qui vient de faire quelque chose de bête et qui vous dérange. Par exemple, « Hé bauyard, t'as marché su'mpi ! » convient si un importun vous heurte le métacarpe, ou « Tire tu del'voye bauyard » si un paltoquet encombre votre pas. À noter, « Fort Bauyard » peut être utilisé aussi bien pour dire « extrêmement bauyard » que « jeu télé démodé avec nains et tigres que même Patrice Laffont a déserté ». À ne pas confondre avec le « Cheval Bayard », sorte d'emblème statuesque présent dans de nombreuses villes, de Dinant à Dendermonde.

Bawette

Fenêtre, guichet : petite ouverture derrière laquelle se tient quelqu'un. L'expression « L'singe est'a'l'bawette » indique qu'une personne est à sa fenêtre, occupée à répandre des potins ou commérages divers. Par ailleurs, *bââââwette* avec un long « a » signifie « pas du tout », ou « maaaaiiis non ». Le mot indique alors que ce qu'on vient d'entendre est absolument (et notoirement) inexact. « J'ai entendu dire que la France allait gagner l'Eurovision. – Bââwette !!! »

Beauraing

Sorte de Lourdes belge, situé au sud du pays. La Vierge Marie y serait apparue à une passante (qui, elle, ne se trouvait pas sous un certain Birou). Du coup, les magasins y vendent des vierges clignotantes, des vierges en plastique fluo qui brillent la nuit et autres gadgets dont le point commun est d'apparaître dans le noir, idéal pour ceux qui aiment avoir des surprises la nuit. Aurait inspiré à John Waters son excellent film *Pecker* (à ne pas confondre avec *Pèket*).

Bébé Antoine

Marionnette de petits contes animés de la RTB, pendant belge de « Nounours » dans « Bonne nuit les petits » (de Jacques Baudouin et Micheline Dax), dont la voix était doublée par Marion (voir *Marion*).

BECSON

Vélo, bécane.

BÈDOT [prononcer baidot]

Mouton. D'où le cri que fait le mouton dont on voit le dos : « bèèèèèèè ». À ne pas confondre avec le baudet, qui est un âne, ni avec le bedeau, assistant du prêtre ou concierge des églises, supposé chaste mais parfois monté comme un âne.

BELCANTO

Sorte de *fricadelle* de viande agglomérée, aussi appelée *mexicanto*, au goût vaguement épicé et à la forme rappelant de faux spare-ribs, un peu comme dans les légendaires MacRibs de McDonald's, sandwiches à la viande agglomérée toute blanche couverte de sauce barbecue toute brune qui les rendaient tout glissants.

BENISS

Format court et wallon de Que Dieu vous bénisse », qu'on dit à une personne venant d'éternuer. Équivalent wallon de « À vos souhaits ». Je profite de cette définition pour m'insurger contre le fait que l'éternuement soit la seule fonction corporelle qu'on félicite, alors qu'on réprouve en général le pet ou le rot, et qu'on ignore totalement la toux ou le bâillement. Le pet et le rot surtout, fonctions quasi irrépressibles (sauf si on veut absolument avoir le cancer du cul, il ne faut jamais s'empêcher de péter), sont en effet des signes de bonne santé, et on devrait les célébrer au même titre que l'éternuement. Ce dernier est en effet potentiellement dommageable à l'entourage, vu qu'il peut projeter à plus de neuf mètres des particules de mucus porteuses de virus et de bactéries, ainsi que des shrapnels de morve éventuellement létaux. Et jamais un renvoi sonore marié d'arômes de boudin noir, ni une belle prout aux relents de truffe n'ont tué qui que ce soit ! J'enjoins donc mes concitoyens et frères humains à désormais féliciter tout péteur ou roteur au même titre que leurs collègues éternueurs. Ce qui nous donnerait : « Atchoum : Beniss ! », « Prrrouut : à tes souhaits ! », « Burp : bravo, mon cher ! ».

BENOIT POELVOORDE

À l'écran, acteur et clown génial. Dans la vie, clown triste.

BERDOUILLE

Boue, gadoue, fange. « Steak al berdouille » : préparation en sauce aux cornichons. Le rapport avec la gadoue ne nous prouve pas si Gainsbourg ou Bam-Boue en ont goûté ou pas. La...la...la...

BERLU (ou BERLUT)

Personne à la vue fort basse, ou tellement distraite qu'elle ne remarque pas l'essentiel. Par extension, sorte de *saisi* (voir aussi *Saisi*, *Biesse* et *Frères Taloche*).

BERRIQUES

Lunettes. « Mets tes berriques quand tu vas à la cour, Romuald, sinon tu vas cor pisser sur le chien. »

BÈTCHES

Bisous, baisers. Gros *bètches* : gros bisous. Un *bètcheur* désigne un individu aimant donner des petits bisous tout le temps (souvent pour contrebalancer une insuffisance pénienne difficile à vivre).

BETTE(S)

Toujours au pluriel. Légume dont on fait la *djotte*, connu en France sous les noms de blette et poirée (amusant, vu qu'une poire trop mûre sera dite blette). Plante herbacée dont on consomme les feuilles un peu comme les épinards, bien qu'elle soit en fait une cousine de la betterave. On prénomme par ailleurs Bette de vieilles actrices américaines, à présent fort blettes.

BÈZIN

Lent, bête, un peu retardé. Se dit aussi d'une personne avançant ou conduisant très lentement, et qui énerve tout le monde. Ou de quelqu'un qui répète toujours la même chose et lasse, fatigue. Très proche de *tottin*. Féminin : *bèzenne*.

BIEN GENTIL

Version courte signifiant « (Vous êtes) bien aimable ». On peut dire « Il est bien gentil », comme en français, mais se dit aussi seul, accolé à un merci, « Merci, bien gentil », ou juste « Bien gentil ».

BIÈRE

Élément indispensable à la vie en Belgique, au même titre que l'air, l'eau, le soleil et Annie Cordy. La bière est partout. Elle est blonde, ambrée ou brune, légère ou forte, industrielle ou artisanale, et même d'abbaye. Les plus célèbres sont nos *pils*, les bières blondes servies à la pression, dont les trois plus connues sont la Stella Artois, la Maes et la Jupiler. « Cette dernière, les hommes savent pourquoi. » Mais notre pays compte de nombreuses bières légendaires, comme la blanche de Hoegaarden (qui est en fait jaune et opaque), les trappistes (de Chimay, d'Orval, de Rochefort, etc.) et la fameuse Gueuze, la plus bruxelloise des bières, ainsi que sa variété à la cerise, la Kriek. Il existe aussi des cocktails à la bière, comme le tango (bière et grenadine), le cercueil ou mazout (bière et coca), le perroquet (bière et menthe verte), ou encore le Daerden (bière et bière) (voir *Michel Daerden*). Il y a près de mille bières en Belgique et, chaque semaine, des microbrasseries voient le jour, proposant de nouvelles variétés. La bière est aussi l'aliment principal du *baraki* et du supporter de foot, parfois réunis dans des individus hybrides. On boit énormément de bière en Belgique, aux baptêmes, aux communions, aux mariages, et même aux enterrements, ce qui justifie pleinement l'expression de « mise en bière ».

BIESSE

Bête, stupide, crétin, souvent avec une connotation amicale ou tendre. Synonyme de *malin*. Variante familière : grosse *biesse*, ou *biesse di gaz*.

BINAUCHE (ou BINAISE) (wallon)

Heureux. Il est *binauche*, je suis *binauche*. *La Famille Binauche* est un des romans du célèbre auteur wallon Arthur Masson, dont les œuvres les plus connues, les aventures de Toine Culot, rappellent la série des Don Camillo : *Toine Culot, obèse ardennais* ; *Toine, maïeur de Trignolles* ; *Toine dans la tourmente*. Les ouvrages d'Arthur Masson sont empreints de la pure truculence qui fait de la Belgique un espace unique et quasiment surréaliste (comme disait Magritte, « ceci n'est pas une fellation »), et j'en conseille la lecture à tous ceux qui aiment ce pays (et les pipes, d'Ardenne ou autre).

Biriboutche

Petite quantité de pâte ou de sauce épaisse, avec un tube ou une poche à canule. On dispose par exemple des *biriboutches* de crème tout autour d'un gâteau. Si vous prenez un tube, que vous en faites sortir un peu de son contenu, que vous déposez cette petite bulle de produit sur une assiette et qu'ensuite vous relevez le tube pour faire une petite pointe à cette sphère de produit, vous faites une *biriboutche*. Si on utilise une poche et une canule striée, on peut obtenir des *biriboutches* artistiques, idéales pour la pâtisserie.

Bisteck

Raccourci usuel de l'anglais *beefsteak*, peu utilisé de nos jours, mais commun jusque dans les années *septante*. Son utilisation était due au fait que la plus grande partie de la population belge n'avait pas appris l'anglais à l'école, et ne connaissait donc pas, en l'occurrence, l'orteaugraeffe exacte de *beef*, ni de *steak*. Cette contraction a également eu lieu dans d'autres langues, le mot *bisteco* ou *bisteca* étant fort répandu dans les péninsules Ibérique et Ritalienne. Quant aux gens qui aiment autant le bœuf que les autres viandes, on les appelle des *bisteckuels*.

Bleffer

Baver. Soit de la salive, soit le liquide qu'on est en train de boire. « Matante Nelly a du mal à boire depuis qu'elle a son nouveau dentier, elle bleffe tout le temps son Ricoré. » *Blef-feux* : baveur, personne ayant tendance à manger salement parce qu'elle n'est plus propre, trop vieille ou totalement gâteuse. S'utilise aussi en peinture (ou coloriage), si on dépasse le canevas ou la zone à peindre : « Oh t'as bleffé ! » À ne pas confondre avec bluffer, ce que Patrick Bruel prétendait savoir faire à une époque.

Bomme

Grosse poutre de gymnastique en bois, de forme plate d'un côté, arrondie de l'autre, dont le nom provient très certainement du bruit que fait la tête d'une élève quand elle la percute de plein fouet. Il y avait aussi les barres asymétriques, et les « reks », en métal, bien moins agréables. J'ai beaucoup souffert aux cours de gymnastique à l'école, mais pas autant que mes professeurs, comme monsieur Van Sevenant qui, s'obstinant à vouloir me faire devenir la Nadia Comaneci wallonne, se ramassait mon pied dans la figure en tentant de m'aider à faire un simple rétablissement arrière.

Bon (Ne pas savoir ce qui est)

À quelqu'un qui n'aime rien, ou qui ne sait pas apprécier les bonnes choses, on dira : « Tu ne sais pas ce qui est bon ! » Par exemple : « Mais si, Dominique, tu devrais vraiment essayer de coucher avec un garçon. – Oh, fous-moi la paix ! – Pffff… Tu ne sais pas ce qui est bon. »

Bonheur-du-jour

Contrairement au bahut breton, qui est une armoire de grande taille, le *bonheur-du-jour* est un meuble léger et facile à transporter, voué à l'écriture et plutôt destiné aux femmes. Il se compose d'une table à pieds hauts et minces dont le plateau supporte une petite armoire rectangulaire posée en retrait. Celle-ci contient des tiroirs ou des casiers. Les femmes peuvent y ranger ces choses étranges dont tout homme ignore l'existence, comme des boutons, des dés à coudre, des plumes, des stérilets en ivoire, des redresse-berlingots en nacre.

des gonfle-tétons en hévéa, ou encore des sous. Mais quel mystère.

Bon restant

Souhait qu'on exprime à quelqu'un en le quittant, en lui disant au revoir, version courte de « bon restant de journée ». « Bon, Oscar, je te laisse, à demain, hein, et bon restant ! » Ceci implique qu'on espère qu'Oscar passera une bonne fin de journée, qu'il ne décédera pas sous un tram, ne se fera pas bouffer par son caniche abricot après avoir fait une crise cardiaque due à un taux de cholestérol empirestatique (ou empirestatebuildinguique) lié à sa consommation quotidienne exagérée de lard confit, ni ne perdra l'équilibre sur une échelle près d'un malaxeur à pain géant, par exemple.

Boule (ou Bouboune)

Bonbon. On mange ou on suce une *boule*. Une *boule sure* : un bonbon acidulé. Par exemple : « Pfffiiouuuu didjoss, Alfreda, qu't'es chiante aujourd'hui ; t'as mangé une boule sure au matin ? » On dit aussi un *cachet de sur* pour de petites soucoupes en pain azyme de couleurs pastel remplies de poudre acidulée dont raffolent les enfants, petits ou grands.

Bouquet

Morceau, petit morceau. Un « bouquet de fromage » : un morceau de fromage. Un « bouquet d'suc » : un morceau de sucre.

Bourgmestre

Chez nous, les communes et les villes n'ont pas de maire, elles ont un *bourgmestre*. Littéralement « Maître du Bourg ». Ses adjoints sont les échevins, d'où l'expression « collège échevinal », parmi lesquelles les femelles sont des échevines, parfois ouvrières.

Bourrer din't'tchesse

Littéralement, « bourrer dans ta tête ». Se dit à quelqu'un qui prend visiblement beaucoup de plaisir à s'empiffrer d'une nourriture de basse qualité, mais copieuse. Manière locale de souhaiter bon appétit à quelqu'un qui mange des frites, ou une *mitraillette-fricadelle*, ou un gros *bolo* (pour « spaghetti bolognaise »).

Boutroule (ou Boutroulle)

Nombril. « Mais remonte ton pull, Marie-Chantal, on voit ta boutroule. » Cet endroit du corps a la particularité de recueillir des peluches, qu'on appelle « trésors de boutroule ».

Braillette

Braguette. « Ferme ta braillette, saligot, on voit ton slip fuschia » (voir aussi *Skette-braillette*).

Breyaud (ou Brèyot, Breillaud, Brêyaud)

Pleureur, chouineur, le *breyaud* est un individu enclin à se plaindre, à pleurer ou à geindre (le pire) facilement. Beaucoup d'enfants sont *breyauds*, et si ce sont des garçons, il y a de fortes chances qu'ils deviennent zazous plus tard. « Théo, tu veux des moules ? – Naaaaaaaaannnnnn beuuuuheuuu ! – Oh qu'il est breyaud cet enfant !!! »

Briquet

Casse-croûte de l'ouvrier, ou de l'écolier. Également outil principal du pyromane.

Brol

Trucs qui traînent, bazar, bordel (dans le sens de désordre). On appelle un enfant et on lui dit : « Quand tu auras fini de rentrer le charbon et de repeindre le toit, tu iras dans ta chambre ranger ton brol ! Et dépêche-toi, sinon maman a dit qu'on te renverrait faire le tapin deux heures de plus ! »

Brosser

Sécher un cours, manquer l'école volontairement, et souvent *en stoemeling*. La quantité de brossage est souvent proportionnelle à l'avènement du tabagisme et à la consommation de bière.

Brotcher

Verbe wallon intraduisible en français. Si vous prenez un gros morceau de beurre mou dans la main et que vous fermez le poing, le beurre passe entre les doigts : ça *brotche*. Idem entre les doigts de pieds si vous écrasez une grosse *flatte* (voir *Flatte*) de vache pieds nus. Ou comme quand les candidats de Koh Lanta mâchent une grosse chenille, une partie des entrailles blanchâtres *brotche* de leurs lèvres.

Brusseleir (ou Brusseleer)

Dialecte bruxellois d'une grande truculence, formé de mots issus du français et du flamand, évolutif depuis des siècles.

Bruxelles-Flamand

Nom usuellement donné à la télévision flamande (BRT) jusque dans les années *septante*. « Tu as vu cette émission hier soir à Bruxelles-Flamand ? – Non. – Oh heureusement, c'était *biesse*, mais *biesse* !!! »

Buse

Idiot, cancre. *Busé* : recalé à un examen. « Tchérry, comment t'as réussi ton examen à l'athénée de Luttres ? – Oh bè, busé… » Désigne également une sorte de four pour cuire les pommes de terre en chemise (voir *Soret*).

C

CAFFOUILLER (ou CAFOUILLER)

Se tromper, confondre, commettre une erreur qui fout le bordel.

CANADA

Pomme de terre. Un *canada*, des *canadas* (*din'l'buse*) (voir *Soret*). Désigne aussi un pays lointain dont les habitants ont la tête qui se sépare en deux quand ils parlent (*South Park*).

CANLETTE

Femme qui parle beaucoup, moulin à paroles et, par extension, commère répandant tous les potins et rumeurs du moment. « Qué canlette c't'elle-là », dira-t-on de Monique, la concierge de l'immeuble Apollo, alors qu'elle racontera à qui veut l'entendre avoir vu le fils Faharaazi sortir du local à vélo après y avoir fait, je cite, « des choses… sexe… » avec la petite Bernadette.

CANULE

Bout dur au bout d'un tuyau qu'on peut par exemple se mettre dans le fion afin de le *lavementer* (hybride de se laver et se lamenter, ce que font la plupart des mâles hétéros qui doivent subir cette épreuve). *Canule* est aussi une insulte pour des personnes qui font mal leur travail ou qui se montrent maladroites. Par exemple, à un joueur du Sporting-Club de Charleroi, on criera plus souvent « Qué canule » que « Vas-y champion ».

CARABISTOUILLES

Toujours au pluriel. Des *carabistouilles*, c'est un mensonge, ou des conneries. « Tu croyais qu'il te disait la vérité, mais en fait il te racontait des carabistouilles, et maintenant tu as l'air malin avec ton jeu d'encyclopédies, tu ne vas jamais savoir les vendre. Mais qu't'es *biesse* ! »

CARABOUILLATS

Confiserie sucrée : morceaux de bonbon à la réglisse dur comme du caillou, venant d'une grosse plaque cassée au marteau. Ils étaient vendus autrefois en vrac sur les marchés, dans des petits sachets en papier coniques, souvent par des Noirs (pourquoi, je n'en sais rien). Un slogan leur était dédié : « Tchouk Tchouk Nougat ». Mais je ne sais pas à quoi cela référait, et j'ignore donc si je dois faire des excuses à une quelconque race ou corporation pour l'avoir signalé.

CARABOUTCHAT

Rature, dessin grossier. Gros ronds faits, par exemple, au Bic, par exemple bleu, sur, par exemple, un cahier Atoma, par quelqu'un qui s'ennuie, et qui ne représentent rien. « Oh Kimbèrlè qu'est-ce que tu as fait ?? Mais on ne peut pas faire des caraboutchats sur le papier peint d'à Matante ! »

CARBONNADES

Viande cuite très longtemps dans une sauce à la bière brune. On dit aussi « viande raccommodée » lorsqu'on prépare le lundi, à la mode *carbonnade*, les restes du rôti du dimanche. Le plat typique s'appelle *carbonnades* flamandes ou à la flamande. On appelle également *carbonnades* les morceaux de bœuf servant à confectionner ce plat, et on peut donc commander chez son boucher « deux kilos de carbonnades ».

CARICOLE

Escargot de mer, ou bulot, typiquement servi en rue (comme les marrons chauds) dans de petites tasses, lors des foires et des kermesses. Les *caricoles* sont cuites dans un bouillon fort poivré et on les déguste avec un picot en bois.

CAROTTIER

Tricheur, mais sans méchanceté. Un enfant qui fait semblant de ne pas avoir eu de dessert afin d'en obtenir une seconde portion est un *carottier*. Désigne aussi un farceur, un individu facétieux racontant de petits mensonges afin d'obtenir un petit avantage, qui s'avérera mignon si on le découvre.

CARROUSEL

Manège forain. Le truc qui tourne avec dedans des voitures de pompiers avec dedans des enfants avec dedans de la barbapapa et/ou des frites. Par ailleurs, nom d'une célèbre émission mythique de la RTB, « Le carrousel aux images », célèbre émission sur le cinéma présentée par le célèbre Sélim Sasson, ami des stars et des grands réalisateurs de l'époque (1961-1986).

CASCADES DE COO

Chutes du Niagara belges, situées près de Spa. En fait, quatre pierres effondrées, surmontées d'un échafaudage en métal rouillé, le tout entouré de vendeurs de pizzas surgelées et de *friskos*. Récemment rachetées par les nouveaux propriétaires du Méli (voir *Méli*) que nous ne citerons pas, les cascades ont été agrémentées de deux *carrousels* et d'une ou deux autres joyeusetés populaires estampillées à l'image d'un pestilentiel lutin batave.

CASSONADE

Sucre brun. Il y a la cassonade brune, la cassonade blonde et la cassonade « p'tit gamin », de marque Graefe, parce qu'il y a un dessin de gosse dessus. Peut se manger avec des *cornettes*. Aussi excellente sur les crêpes, sur le riz au lait, et sur les tartes, qui, étrangement, se nomment alors « tartes au sucre » au lieu de « tartes à la cassonade ». Comme quoi on n'est jamais remercié.

CATARE (ou CATTHAR)

Rhume. « Mais nom didjoss Marcel, mets ta main devant ta bouche quand tu tousses, tu vas passer ton catare à tout le monde ! Et prends un mouchoir, maaaaaa ti qué pourcha, tu bleffes des trous de nez ! »

CATCHI (wallon)

Attraper, saisir. « Essaie de catchi la balle. » Se dit aussi d'une maladie : « Hé reste chez toi, stron malââde, j'nai né envie d'catchi tes saloperies. »

CÉCÉMEL

Lait chocolaté vendu prémélangé, à consommer frais ou chaud. Sorte de Cacolac, mais bon.

CERVELAS

Agglomérat de viandes incertaines compressées façon zeppelin ou tube. Le cervelas doit être avalé sans intelligence, froid ou chaud. Variante : le *chasseur*, cervelas fumé, ou idiot-bête qui tue des animaux. Le plus recherché est le mythique cervelas de cheval, fortement prisé par Mouni (voir *Mouni*), spécialiste du cervelas en Wallonie. Les meilleurs étaient fabriqués par Georges Flament, mais il a pris sa retraite, d'où le drame pour Mouni, qui doit désormais aller jusqu'à La Bouverie (commune lointaine de Wallonie) pour en trouver C'est pas la porte à côté.

CHAPIA (wallon)

Chapeau. « Qué bia chapia », dirait-on en voyant l'acteur américain Eric Stonestreet dans un de ses billets sur Youtube (surtout Movie 15 et Movie 19). J'ai créé en 2009 le « Baraki Chapia Club Charleroi », qui compte pour l'instant sept membres et dont l'objet social est de sortir dans les restaurants et les banquets afin de montrer qu'on peut porter un chapeau ridicule sans se prendre trop au sérieux. Mais mon mari refuse que je le mette en présence de certains autres porteurs de chapeaux parce qu'il ne veut plus avoir d'ennuis aux réunions. C'est quand même triste. Enfin bon. À ne pas confondre avec le tilapia, qui est un poisson originaire de Tihange.

CHAUDFONTAINE

Évian belge. Deuxième eau la plus connue du pays. Après la Spa qui est la Vittel belge. Même si la Spa ça a plein de goût, et que la Vittel c'est fade comme une bite d'ours. En raison d'une sorte d'étrange code international, les eaux plates ont des bouteilles étiquetées de bleu, et les gazeuses de rouge. Chez nous on a aussi le vert, indiquant des eaux légèrement pétillantes, ou « perlées ».

CHERCHER MISÈRE

Chercher la bagarre, tenter de provoquer une discussion, foutre la merde. Se dit à quelqu'un dont les réponses ou les invectives semblent volontairement blessantes ou inutilement agressives. « Hé, tu cherches misère ?? – Quoi, qu'est-ce que tu me veux, toi ? Continue ainsi et tu vas ramasser un *makka* din't'gueu ! »

Chicon

Le *chicon* est en Belgique ce qu'on appelle endive en France. Le nom originel est *witloof*, ce qui signifie « feuilles blanches ». En effet, la légende veut qu'un cultivateur de chicorée ait un jour été emprisonné et, à son retour, ait trouvé d'étranges feuilles blanches qui avaient poussé en son absence ; il les fit cuire et découvrit le *chicon*. Mais je me demande si la personne qui m'a raconté ça ne m'a pas raconté des *carabistouilles*. Le *chicon* au gratin est une spécialité belge, le *chicon* étant blanchi et ensuite cuit au four avec du jambon (émincé ou en tranches complètes emballant le *chicon*) et du fromage en béchamel. Dans la version italienne qu'on mange entre autres « Chez Piero », on remplace le jambon par du speck et le fromage par du vieux parmesan (une merveille). Les *Snuls* ont amené le *chicon* au stade de symbole et d'objet culte grâce au « Chicon Magique du Mage Bonrêve » (voit tout, sait tout), avec la chaînette en plaqué or. Enfin, l'expression « tordre le chicon », qui fait référence à la bite (mais on ne le dira pas pour ne pas froisser les âmes sensibles), peut signifier aller pisser (procéder à la miction) ou se masturber (se laisser aller à un certain onanisme) (selon la phase de la lune, et entre nous, je ne vois pas ce que des nains prénommés Aristote ont à voir là-dedans).

Chiens

Il y a quatorze races de chiens typiquement belges. Parmi elles, les plus connues sont le berger malinois, le bouvier des

Flandres (dont on coupe traditionnellement les oreilles et la queue afin qu'il ressemble à Niki Lauda), le groenendael, le molenbeek, également connu sous le nom d'épagneul arabe, le Verhofstadt-terrier, au poil blond et aux dents écartées, ou encore le pitbull-Vandamme, chien capable des plus grands écarts, et dont il ne reste plus qu'un seul exemplaire – fort recherché par les herboristes hongkongais pour les bienfaits apaisants de son discours philosophique. (Il ne lui manque que la parole.)

CHIFLOT (ou CHOUFLOT, SHIFLOT, SHOUFFLOT)

Petit sifflet et, par extension (hum), zizi. « Hé, ferme ta braillette, Théo, on voit ton chiflot qui passe. »

CHIQUE

Chewing-gum. *Chiklette* : chewing-gums en forme de petits galets recouverts de sucre épais, souvent présentés dans des boîtes en carton plates comportant une petite fenêtre transparente (oui c'est presque comme dans un conte de fées).

CHOPE

Verre de bière, aussi appelé pinte, ou crasse-pinte, ou *pintje* à Bruxelles et au Nord.

CHOSER

Faire quelque chose à quelque chose, chipoter vaguement, par exemple à des boutons ou des pièces de machine. « Chérie, peux-tu choser le bouton, là, sur le brol, près du four ? » ou « Je pensais que la voiture était en panne, alors j'ai ouvert le capot et j'ai un peu chosé à divers bidules, là-dedans, et puis paf, elle marche ». Ou encore Ernest Lambeaux qui raconte à son collègue de la Poste qu'hier il a couché avec Odette Sèttchon, et qu'il lui a *chosé* son affaire, et qu'elle a beaucoup crié, mais qu'après il a dû changer les draps parce qu'elle avait… heu… chosé *patta'vautou* dans le lit. Maaaaaaaa…

CHRISTIANE LENAIN

La plus grande actrice de théâtre populaire que la Belgique ait connue. Sorte de super-Maria-Pacôme, adorée de tous. Souvent en scène avec son comparse de toujours Serge Michel (qui me courait derrière au sauna), elle a fait les grandes années du théâtre des Galeries, et de l'équivalent belge de « Au théâtre ce soir ». Elle incarnait la générosité et la gentillesse même, ainsi que toute la truculence de la Belgique, au côté d'acteurs mythiques comme Jacques Lippe ou Marcel Roels. Elle a été la « Mademoiselle Beulemans » dont le *Mariage*, joué à Paris, a convaincu Pagnol de créer sa trilogie *avec* l'accent marseillais, jusque-là inédit au théâtre français (voir aussi *Mettez-vous*).

CLANCHE (ou CLINCHE)

Poignée de porte. Se dit aussi d'un individu maladroit ou paresseux : « Quelle clanche celui-là, il sait rien faire que ça rate toujours. »

CLIGNOTEUR

Lumière qui *lume* puis qui *lume* plus. Truc qu'on met quand on tourne en auto. Les Français parlent de clignotant. Qu'ils sont *biesses*.

CLIMBIA

Sorte de petite pince de bois qui servait à séparer les feuilles de verre sortant des fours. Terme issu du milieu verrier, tout comme l'était la société philanthropique séculaire et éponyme de la région de Charleroi, qui fait œuvre de charité et n'apprécie pas, malgré le fait que ses membres portent des chapeaux rouges ornés d'une floche, qu'on parle d'eux avec humour, même quand c'est fait avec tendresse, combinaison qu'ils ne semblent malheureusement pas pouvoir comprendre. Que cela ne nous empêche pas de leur serrer la pince, et même de caresser la *floche* de l'un d'entre eux. *No (more) comment.*

CLIQUOTER

Bouger (parce que ce n'est pas stable) en émettant un bruit. Si une table est bancale, on dit qu'elle *cliquote*. Si un objet n'est pas stable et fait du bruit quand on marche à proximité, et que les vibrations le font bouger, il *cliquote*. À ne pas confondre avec clignoter, qui est lumineux, contrairement aux politiciens.

CLOCHE

Cloque ou ampoule. « Papa, c'est encore loin, parce qu'avec mes cloches, j'ai mal à mes pieds. » Fort présentes dans les églises et dans l'administration, les unes destinées à appeler les fidèles au culte, les autres reflétant l'intelligence moyenne des fonctionnaires de certains bureaux d'état civil. Aussi « Il y a quelque chose qui cloche » : quelquechose qui ne va pas, qui ne sonne pas rond.

COCHER (typicité bruxelloise)

Nettoyer. Chez nous, on ne *coche* pas seulement une case dans un formulaire mais toute la maison pour qu'elle soit bien blinquante. La ménagère y gagnera son plus grand titre de noblesse, celui d'« echte cochevrâ » (amour de petite femme d'intérieur).

Colau

Terme affectueux qu'on donne à un bambin ou à un enfant. Mon *colau* · mon petit chéri, mon petit chou, ou aussi petit âââmoûûûûûrrr. Par extension, terme amical pour quelqu'un qu'on aime bien : « Ça va, colau ? » Également utilisé lors d'inondations répétitives : « Oh merde, v'là colau. »

Comme chez soi

Restaurant le plus célèbre de Belgique, équivalent belge de la Tour d'Argent ou de la maison de Paul Bocuse. Petite maison d'architecture Art déco signée Victor Horta, il est situé place Rouppe, à mi-chemin entre entre la gare du Midi et la Bourse. Son chef légendaire, Pierre Wynants, a remis au milieu des années *nonante* les clefs, et les deux étoiles, entre les mains de son gendre Lionel Rigolet. La maison continue à honorer les gastronomes à travers une cuisine traditionnelle mêlée d'éléments plus modernes, le tout soutenu par une cave exceptionnelle. On dit qu'on va *au* « Comme chez soi », et on en ressort en disant : « Tof, c'était quand même bon, hein ket ? »

Compliments

Comme en français, on dira « Vous remettrez mes compliments à madame votre mère », mais chez nous on dira aussi, de manière plus courte : « Au revoir et compliments. » Ce qui me rappelle ceci : Lady Di et David Bowie ont deux enfants. Alain et Ken… Bowie Ken et Alain Di !

Congo

La plus grosse colonie que la Belgique ait possédée (avec le Kamtchatka, la Sardaigne et le Timor-Oriental). Tout comme le Sri Lanka qui s'appelait Sri Lanka, puis s'est appelé Ceylan, et maintenant s'appelle Sri Lanka, le Congo s'appelait Congo, puis s'est appelé Zaïre, et maintenant s'appelle Congo. Et ne venez pas me lancer sur Formose. Le président du Zaïre s'appelait Mobutu (prononcer « Moboutou ») et était un dictateur qui a ruiné son pays en se payant des palais pharaoniques. Peu de gens le savent, mais le père de Mobutu était Mobu-One. Une célèbre expression est « Et tout ça ne nous rendra pas le Congo », synonyme de « On a beau faire », et « Malgré tout, et bien voilà ». Congo est également le nom d'une course pour laquelle une grosse bande d'imbéciles se mettent sur la ligne de départ et attendent ce signal.

Contre

« Laisse la porte contre » : « Ferme la porte, mais pas complètement » (on la ferme, mais sans plier la poignée (ou *clanche*), afin que la porte repose contre le chambranle, mais sans être entièrement close).

Cor (ou Co)

Version courte de « encore ». « C'est cor toi ? » ; « Donne-moi cor un peu de nouilles » ; « Oh j'ai co fait din m'culotte. – Mais enfin, Laurence ! »

Cornes de gattes

Littéralement, « cornes de chèvres ». Variété de pommes de terre, longues et tortueuses.

Cornettes

Petites nouilles tordues. On les mange avec de la cassonade et un *plotch* de beurre.

Cote (ou Cotte)

Robe. « Regarde l'autre, avè's'vi cote » : « Regarde celle-là, avec sa vieille robe (couverte de taches d'escavèche). »

Cougnoux (ou Cougnol)

Couque de Noël (le terme *cougnol* pouvant en dériver), sorte de pain brioché fort riche, proche du *cramique* et du *craquelin*, mais qui est vendu par les boulangers uniquement entre le 1er et le 25 décembre, sa vente se terminant lors de la naissance supposée de Jésus, ce petit poisson aux nases arêtes. Le pain a en effet la forme d'un « enfant Jésus », soit un corps oblong terminé par une boule à chaque extrémité (comme si un bébé avait deux têtes au lieu de membres, bon, ne me demandez pas pourquoi, apparemment l'inventeur du *cougnoux* avait vu *Freaks* au ciné-club la veille, ou un truc horrible du genre). Le *cougnol* est orné d'un petit Jésus en sucre rose et bleu (là aussi, on se demandera si les couleurs ont été inspirées par une drogue hallucinogène rendant l'inventeur mystique au point d'imaginer Jésus aux couleurs d'un tableau de Warhol), ou, dans les boulangeries un peu pingres, par une sorte de médaillon en plâtre (beurk), par ailleurs fort indigeste. Le *cougnol* existe en plusieurs tailles, du format individuel un peu minable au *cougnoux* familial de cinq cents grammes, un kilo, voire plus pour les gros gros amateurs. Il y a trois sortes de *cougnoux* officielles, le nature (pain brioché), le « aux raisins », contenant des raisins secs, le « au sucre », comportant des petits morceaux de sucre cristallisé. Mais nous avons également inventé le « au sucre et raisins », parce que quand même c'est pas Noël tous les jours, hein ?

Coumère

Femme, fille. « Où es ta coumère ? » : « Où est ta petite amie ? » « Houuu rossi y'a plein d'coumères ! » : « Il y a de quoi faire. »

Couque

Petit pain brioché, souvent de forme ovale – ou rectangulaire dans le cas des *couques attachées* qui sont cuites en « blocs ». Se mange trempée dans le café, avec du sirop de liège, du beurre ou de la confiture (de groseilles rouges par exemple). Il y a aussi le *cougnoux*, la *couque* de Noël. La *couque de Dinant*, elle, est un biscuit dur comme du béton, immangeable à moins d'un trempage interminable, et ne pouvant donc servir que d'ornement de mauvais goût, ou d'os pour le chien. Ça ne sert à rien, mais les Dinantais s'obstinent à les offrir en cadeau à tout le monde alors qu'on déteste TOUS ça. Autre sorte de couque, les *couques suisses*, version polie de ce qui est également appelé *couilles de Suisses*, sont des petits morceaux de pâte légèrement sucrée (proche de la pâte à crèpes) qu'on laisse tomber dans la graisse ou dans l'eau bouillante et qui en ressortent mollasses et collants. Oui, c'est horrible. D'où le nom.

Craille

Espace, fente, d'abord dans le sens de laisser un *craille* : laisser la porte entrouverte. Désigne aussi un sillon, un creux longitudinal : raie (du cul) ou fente (de la vulve). Par extension, *grosse craille* : signifie grosse salope, grosse conne, et aussi « mademoiselle s'il vous plaît » en hongrois phonétique. On dit aussi *cane*, comme dans cet exemple de l'homme barbu à l'œil torve parlant au policier suite à la plainte de sa voisine qui l'accusait de viol parce qu'avant, il faisait tout pour elle, mais qu'il était sorti de la douche, et qu'il était presque tout nu, et qu'il lui avait mis un mouchoir, lui dont la femme sourde ne comprenait rien en robe de chambre : « Mais monsieur l'agent, vous imaginez, elle me disait "Qué belle quette, qu'elle est belle ta quette, que j'aime bien ta quette..." Mais vous rendez-vous compte ? Alors je lui disais : "qu't'as une belle cane aussi", da » (voir le film *Allô Police* de Manu Bonmariage).

Cramique

Pain brioché (aux œufs) avec des raisins secs dans la mie. On le mange au déjeuner (vous savez, ce repas qu'on fait après s'être levé, pour stopper le jeûne que représente la nuitée (dé-jeûner, casser le jeûne, *break the fast* – une *fin* de jeûne qui ne peut donc *pas* avoir lieu deux fois, ni une petite ni une grande !) avec du beurre ou trempé dans le café, ou au souper (au repas du soir, donc).

Crapuleux

Adjectif déviant du mot crapule, devenu substantif. Un *crapuleux* est un salopard, une enflure, un méchant individu, un contrôleur des impôts ou un huissier. Exemple littéraire : « Je ne m'appelle pas comme ça. Ça est les crapuleux de ma *strotje* qui m'ont appelée comme ça, parce que je suis trop fière pour sortir en cheveux ! » Madame Chapeau, dans *Bossemans et Coppenolle* (voir *Madame Chapeau*).

Craquelin

Équivalent du *cramique*, mais à la place des raisins, ici c'est du sucre cristallisé qui parsème la pâte et la croûte. Mmmmmmm... c'est bon !

CRAYAT (ou CRAILLAT)

Braises, tisons et, par extension, tout ce qui est brûlé, cramé, mais aussi trop cuit donc dur, caoutchouteux, *makiasse*. « On est allé manger chez Sylvianne, et la viande était dure comme des crayats. » À ne pas confondre avec *grosse craille*, quoique le même exemple puisse fonctionner dans ce cas.

CREVETTE

Celle de la mer du Nord, nommée crevette grise, est très particulière du fait de sa saveur puissante, proche de celle du jambon. En fait ces crevettes sont cuites dès leur pêche dans un mélange d'eau et d'eau de mer. La « tomate-crevette » est un grand classique des entrées froides des restaurants belges. Le top est la « crevette grise d'Oostende épluchée à la main », le pendant industriel étant la « crevette grise envoyée en Espagne pour y être plongée dans un bain d'acide qui dissout la carapace puis renvoyée chez nous », ce qui est tout de suite moins ragoûtant. La « croquette de crevettes » est aussi un grand classique, et les meilleures sont faites par un Japonais à Charleroi.

CROLLE

Une *crolle* : une boucle. « Ça crolle » : ça se tord, ça fait une courbe. On dit aussi « Ça se recrolle », à propos d'un objet qui se met à se tordre, comme le bout d'une feuille ou d'un filin qui se recroqueville sur lui-même. La personne qui les porte est un *crolé*. Les *crolés* sont des gens dont on peut se moquer, surtout si, en plus d'être *crolés*, ils sont roux. « Hé va z'è, sale rouchat crolé ! »

Crottes (de Recogne)

Si les crottes sont en Belgique ce qu'elles sont en France, trop nombreuses sur les trottoirs, les *crottes de Recogne* sont des petites noix de saucisson individuelles. Imaginez du salami en forme de petites boules. Oui je sais c'est fort étrange, mais il y a pire, regardez les girafes.

Croustillons

Beignet à rien. Il y a les beignets aux pommes, les beignets de banane, etc., mais si on prend une petite boule de pâte à beignets et qu'on la frit seule, c'est un *croustillon*, et ça se mange à la foire, en cornet de papier, avec du sucre en poudre (plein de).

Cuberdon

Également appelé « chapeau de curé » et parfois « tétine de diable », le *cuberdon* est une friandise à base de sucre et de framboise, en forme de petit cône au bout arrondi. Le *cuberdon* traditionnel est rouge grenat foncé, légèrement violacé ; la paroi est un peu croquante, le cœur coulant (ça me rappelle les horribles chewing-gum Fresh'n'up qu'il y avait dans les années *septante*, au cœur chimique à souhait, pouah). On a vu apparaître plus récemment des *cuberdons* à la pomme, aux abricots, etc. Certains glaciers en font des sorbets ou des glaces. Enfin c'est délicieux, et fort joli.

Cucuche

Sale, *saligot*. Terme familier pour qualifier un enfant qui vient de renverser sa *pape patta'vautou* sur son t-shirt Pokemon. Ou qui a *bleffé* son Nesquick sur le divan en Alcantara jaune canari qu'on a acheté à crédit dans le catalogue Nekermann.

D

Da

Se met après « oui » pour faire « oui da », sorte d'appui sur le oui, marquant l'évidence de la réponse. « Pascal, tu as déjà mis du sel dans les carottes qui cuisent ? – Ben oui, da ! » À ne pas confondre avec « oui, va », oui qui vient satisfaire généreusement et avec le sourire une demande : « Maman je peux avoir le dernier morceau de tarte qui est dans le plat ? – Oui, va ! » (Vu que tu as la leucémie autant que tu en profites.)

Dalage

« Qué dalaje ! » : « Quelle affaire ! »

Dans un état pareil

« Mais enfin Cathy, ce n'est pas parce que Christopher est rentré saoul, qu'il a fait dans le divan et qu'il a vomi dans le lit de la petite qu'il faut te fâcher et te mettre dans un état pareil !!! »

De fait

En effet, comme on aurait pu le prévoir, donc. « Le petit Luciano n'a pas pris son Imodium, et, de fait, il a fait dans sa culotte. C'est *frèche.* » « Cette année, ce sont les Flamands qui ont envoyé un chanteur à l'Eurovision, et, de fait, on a encore été dans les derniers. »

DEMI

Contrairement à l'usage français, lorsqu'on demande un « demi » de bière, on reçoit un grand verre de 50 cl. Un verre de 25 cl ou de 33 cl, on appelle ça « une bière ». Vu que c'est un quart ou un tiers de litre, pourquoi appellerait-on ça un demi ? Je vous le demande.

DE RIEN

Pas de quoi. Réponse polie à « merci ». Phonétiquement plus connu dans la phrase « De rien vaut mieux que trois tu, Laura ! ».

DEUX TONS PLUS BAS

Interjection signifiant « Oh, doucement hein ? » ou « Doucement les basses ». À noter, la très belle version imagée « Deux tons plus bas que les couilles de ma sœur ».

DIDJOSS (ou DIDJOSSE)

Juron commun utilisé comme « nom de Dieu », ou « bordel ». Version complète : *Nom di Djosse*. L'expression wallonne commune « Didjoss, l'va coploure » signifie « Nom de Dieu, il va encore pleuvoir ». Par ailleurs, nom d'un célèbre acteur porno polonais.

DIKKE-NEK (*brusseleir* et flamand ; typicité bruxelloise)

Littéralement « gros-cou » : vantard, prétentieux, snob. On dit aussi *dikke-kop*, « grosse tête », prétentieux, vantard, et *dik-zak*, littéralement « gros sac », individu fort gros, à très gros ventre (donc fort beau), et qui, de fait, aime la bonne chère.

DIRE QUOI (ou JE TE DIS QUOI)

Expression commune aux Belges et aux Ch'tis. « Georges, il reste combien de bouteilles de Gueuze dans la cave ? – Je descend et je te dis quoi. »

DISBAUTCHI (wallon)

Fatigué et triste, las et découragé, peiné et épuisé. « Oh j'ai pierdu m'quinzaine, dje su disbautchi. »

DISEZ

« Vous disez ? » : « Vous dites ? » Faute qu'on fait exprès pour faire pédant : au lieu de dire « pardon », ou « kestadi » ou « hein », on pince les lèvres et on dit « vous disez ? ».

DJONDU

Sot, *snul*, barge, limite handicapé mental qui le fait exprès. A inspiré les célèbres livres *Tif et Djondu*.

DJOTTE

Sorte de purée à base de bettes, mais aussi mélange au fromage « boulette » recouvrant la célèbre « tarte al'djotte » de Nivelles. Et comme si ça n'était pas assez gras, on frotte un gros morceau de beurre salé tout autour de la croûte quand elle sort du four. Se mange en buvant de grandes quantités de bière. On peut aussi consommer la *djotte* en accompagnement de viandes ou poissons, comme une ratatouille ou un *rata*.

DOSE

Petite portion de quelque chose, surtout liquide. Mais aussi, par exemple, enflure due à une piqûre de moustique. « J'ai été me laver dans le marais, et maintenant j'ai le pett couvert de doses !... Oh merttt j'ai aussi une sangsue collée sur mon scrotum, merttt merttt... »

DOUCE

Caresse. Faire un *douce* : faire une petite caresse. Mot qu'on utilise quand on parle aux enfants ; le mot « douce » est totalement innocent, alors que « caresse », dans ce pays, quand on parle aux enfants, on va éviter, hein. « Fais un douce au chat. – Mais il sent mauvais ! – Fais un douce, je te dis ! – Mrrwaaawwr ! – Il m'a griffé ! – Oh la ferme, petit breyaud ! »

DOUFFE

Cuite. Prendre une *douffe* : être saoul. « Didjoss, Franklin, je me suis pris une de ces douffes, pourtant j'avais pas bu grand-chose, juste une petite douzaine de Duvel avec les kets au Royal Nord » (voir aussi *Guinze*).

DRACHE

Pluie, averse. « Didjoss, quelle drache !!! » *Dracher* : pleuvoir abondamment (il *drache*, ça *drache*). L'expression « drache nationale » fait référence au fait que le 21 juillet, jour de la fête nationale belge, il pleut souvent. Remarquez, ce n'est pas que le 21 juillet...

DRINGUAILLE (ou DRINGUEILLES) [prononcer drain-gai-yeu]

Étrennes. Somme d'argent qu'on donne lors d'anniversaires, au nouvel an, ou juste pour une petite visite. Elle est souvent donnée par un membre de la famille à un enfant ou à un jeune. En wallon, les classes sociales qui sentent un peu appellent ça aussi « une paie », ce que personnellement je trouve d'un vulgaire absolu. Gamin (dans les années soixante, *septante*), je recevais des *dringuailles* très différentes selon l'âge et la fortune des membres de la famille que je rencontrais, de cinquante francs belges (un euro vingt-cinq) à deux mille francs belges (cinquante euros), la moyenne tournant autour de cinq cents francs belges (douze euros cinquante). Parfois on recevait aussi une orange, des mouchoirs ou des savons. Allez savoir pourquoi.

DUCASSE

Kermesse, foire. Une *ducasse* est une fête populaire, dans laquelle il y a des manèges forains, parfois un chapiteau avec buvette, animations et spectacles, parfois aussi un rondeau de Gilles (voir *Gille*)... Une célèbre *ducasse* est celle de Matadi, village zaïrois près de Charleroi. On y vit défiler de grandes stars comme Nicolas Peyrac, Alain Delorme, Priba 2000, Christian Vidal et les sosies de Dalida et de Christian Delagrange. C'est un événement fascinant auquel j'exhorte toute personne aimant la bière et la culture à se rendre un jour. Mais pas plus.

E

Édouard Cailleau

Chansonnier et humoriste belge (quoique né à Biarritz). Sorte de Pierre Doris ou de Fernand Sardou bruxellois, il créait des sketches en duo avec Sim dans « Chansons à la Carte », la légendaire émission de variétés du samedi soir sur la RTB (équivalent belge de « Champs-Élysées »).

Encore heureux

Ouf.

Endéans

« Dans le laps de temps de ». Par exemple : « Endéans ces deux dernières années, ils ont réussi à développer leur entreprise de massages rectaux et de lavements de manière fort profitable. »

En définitive

À la fin, finalement, pour finir. « Mais Friskette, en définitive, vas-tu arrêter de te frotter sur ma jambe ? »

ENDIVE

Contrairement à la France où les endives sont des *chicons*, chez nous, l'endive est une laitue frisée (voir aussi *Chicon*).

ESBROUFFE

Exubérance momentanée visant à attirer l'attention, parfois « effet » tentant de cacher une évidence. À ne pas confondre avec le pangolin, sorte de fourmilier qui faisait rarement d'esbrouffe quoique vivant dans la brousse (merci Desproges).

ESCAVÈCHE

Spécialité de la botte du Hainaut, l'*escavèche* est une préparation de poisson cuit servi dans une gelée de sauce blanche vinaigrée. On peut la préparer avec de la truite ou d'autres espèces, mais la vraie *escavèche* est faite avec de la chair d'anguille. À ne pas confondre avec les premiers pas dans la langue française de Jane Birkin, laquelle, se baladant en zone campagnarde, aurait dit : « Est-ce que vache ? »

ESSUIE (DE/À) VAISSELLE

Linge de maison servant à sécher couverts, verres et casseroles après qu'on les ait lavés et bien rincés, et que les Français appellent *torchon* (ce qui est ridicule, vu qu'un torchon ça sert à laver par terre, tout le monde le sait). L'utiliser comme essuie-mains, c'est dégueulasse que disent certains, moi je le fais et je l'utilise parfois mêêême comme serviette et bavoir. Mis sur la table, ça fait resto italien. Mis sur la tête, ça fait Arabe riche.

EUROVISION

Concours de la chanson bien connu de tous. La spécificité belge veut qu'un an sur deux, ce soit la RTBF ou la VRT qui envoie un candidat d'origine francophone ou néerlandophone. Il va sans dire que les Flamands n'ont jamais gagné. Les Wallons si, avec Sandra Kim en 1986 qui chantait « J'aime la vie ». On en a vite eu marre d'elle, alors quand elle a arrêté de nous amuser et qu'elle est devenue grosse, on l'a envoyée en Flandres. Comme quoi tout finit bien dans ce pays.

EVOY (WALLON) [prononcer èvo-ye]

Parti. On l'utilise comme *gone*, en anglais. « T'es d'ja evoy ? » : « Tu pars déjà ? ». « Où est le courrier ? – Oh, il est déjà evoy. »

F

FAILLI (ou FAYT)

Adjectif utilisé pour râler sur un objet ou une personne. On a regardé *Dexter* hier, et on se fait mal en coupant le corps de sa belle-mère en deux, et on blâme alors « cette faillie tronçonneuse qui cale tout le temps ». Sur des personnes : « Je suis allé à ce restaurant chinois que ton failli cousin m'avait conseillé, et j'ai été malade toute la nuit ; en vomissant, j'ai même eu un bout de litchi calé dans la narine, ça fait *mau séss* ! »

FAIRE ÉCRIT

Être indiqué. « C'est quoi cette caisse ? – Mais c'est du sucre, regarde il fait écrit dessus. » On peut également dire « Il fait marqué dessus ». Exemple : « Jean-Patrice, recrache ce suppositoire, tu ne vois pas sur la boîte qu'il fait marqué dessus "ne pas manger" ? »

FAIRE LA FILE

Faire la queue (alors que « faire la pipe » c'est sucer la queue, ou aussi nettoyer une pipe (voir aussi *Magritte* et *Deep Throat*).

Faire sa barbe

Se raser. « Oh John, tu piques, va faire ta barbe ! » Ou : « C'est quoi ce pansement ? – Je me suis coupé en faisant ma barbe. – Encore ce failli rasoir ? – Oui, je l'ai jeté… la barbe ! »

Fancy-fair

Concept très étrange. En général c'est une fête très ennuyante, nécessitant énormément de papier crépon. Souvent organisée par une vieille dame très gentille mais un peu excentrique, ça se passe dans une école, ou dans une salle des fêtes de la commune (souvent tout de béton bâties, comme ces mini halls omnisports ornés d'affreuses arches de bois vernis), et il s'y passe brocantes, concours de bulles de savon, chorales des élèves, repas boulettes, et un tas d'activités donnant plus envie d'aller en vacances en Sibérie que de rester là. Les *fancy-fairs* fascinent les invités anglophones, qui eux, évidemment, s'attendent à quelque chose de sophistiqué (*fancy*), grandiose (*fair*) et sont souvent déçus, puis fortement amusés.

Fax

Version abrégée de « téléfax », appareil bien connu que les Français ont tenté d'appeler « télécopieur », ce qui est une francisation ridicule vu que le mot « fax » vient du mot français « facsimilé ». Vouloir refranciser un mot issu du français, il faut le faire, quand même ! C'est le serpent qui se mord la queue.

Fell (ou Felle) (wallon)

Mou, sans énergie, apathique. « Étienne ne va pas bien, il s'est levé comme d'habitude vers midi et il s'est senti tout felle. Je lui ai servi ses six Gueuzes et ça n'a pas été mieux alors il s'est recouché. Comme un mardi. Ça ne lui ressemble pas. » Peut aussi signifier l'opposé, vif, épicé, ou culotté, audacieux. D'où « Tour Eiffel ».

FEMME À JOURNÉE

Femme de ménage, également appelée, depuis peu, « techniciennes de surface ». Amusant : il ne me serait jamais venu à l'idée d'appeler mon dentiste « foreur d'ivoire », ni mon proctologue « zieuteur de trous de balle ». Tiens, devinez qui est ma « coupeuse d'ongles de pieds » et mon « vendeur d'embryons de poulets et de jus de pis de vache caillé à la bile ».

FEU OUVERT

Feu de bois, dans l'âtre de la cheminée. On l'écoute faire « crac crac », on y brûle les lettres des impôts ou on y fait cuire des patates. Il existe des cassettes représentant un feu ouvert ; c'est aussi bien, mais sans l'odeur ni la chaleur.

FIESSE

Fête. Nom parfois donné à une *ducasse*, une kermesse, une foire. Mais peut juste désigner une belle soirée entre amis, d'où l'expression « Qué fiesse ! », communément utilisée. « Qué fiesse les amis, mille sabords !!! » (Jeff Bodart).

FLAMANDS

Les flamants sont des oiseaux dont la couleur rose provient de leur alimentation à base de petits crustacés. Imaginez ce qui arriverait s'ils buvaient du curaçao. En Belgique, les Flamands sont également la sous-espèce qui habite le nord du pays. Occupant quatre provinces et demie, les Flamands sont en général sympa, quoique un peu trop sérieux parfois, mais leurs politiciens souffrent de différents complexes les poussant à protéger farouchement leur territoire, leur langue, leurs droits, etc., alors que les Wallons, eux, voudraient juste boire de la bière et qu'on ne les embête pas. Un exemple des problèmes créés par la Flandre est d'exiger qu'on n'inscrive plus les noms des villes que dans *une* langue (voir *Villes*), ce qui perturbe énormément les touristes. Autre exemple, malgré le fait que ses habitants soient entre 85 et 90 % francophones, les Flamands persistent à considérer Bruxelles comme leur capitale et à estimer qu'elle leur appartient aussi géographiquement que politiquement. C'est comme si les Wallons réclamaient la possession de La Panne sous prétexte qu'il n'y a que des francophones qui y vont en vacances… Les Flamands migrent, eux, vers les Ardennes pour les vacances, où ils se mélangent avec les Hollandais (voir *Nolante*), qui eux ne les aiment pas. En Belgique, on préférerait que tout le monde s'entende mais certains semblent vouloir mettre des bâtons dans les roues. Cela nous permet de pratiquer le sport national, le « compromis à la belge ». Le mot *Flamoutche* est une version familière de « Flamand », surtout quand on veut les brocarder ; tout comme les Flamands quand ils utilisent le mot *Franskillon* pour désigner des Wallons. Une autre utilisation du mot Flamand en Wallonie, que je n'approuve pas entièrement mais qui existe, *Flamin* avec l'accent, désigne quelqu'un qui a des goûts bizarres, qui fait des associations de saveurs contre nature (comme mettre de la confiture *et* de la moutarde sur son pain), qui refuse de manger de la sauce, qui commande sa viande « bien cuite » ou qui, plus généralement, « ne sait pas ce qui est bon ».

FLATTE

Bouse, souvent de vache, crottin plat et mou. Se dit aussi d'une personne très molle avachie dans son divan. « Mais regarde la grosse flatte, là !!! Va au pointage au lieu de regarder TF1, maaaaa ti ! »

FLOCHE

Tresse ou élément fait de plusieurs stries de tissu ou de poils. Par exemple, une queue-de-cheval est une *floche*. Ce qui termine la corde qui dirige des tentures ou des rideaux est une *floche*. Très célèbre aussi, la *floche* que les enfants peuvent attraper pour gagner un tour de manège gratuit. C'était très frustrant, parce que quand on était petits, on rêvait de grandir pour pouvoir attraper la *floche* plus facilement. Mais quelques années plus tard, on espérait pouvoir l'attraper plus facilement, mais *nenni* : le patron du manège tirait sur la corde pour ne plus laisser les grands l'attraper parce qu'il favorisait, bien légitimement, les petits. Voici une blessure de mon enfance qui jamais, jamais ne se refermera. Snif.

FLOCHER

Recroler, se tordre, onduler. On cuit les tranches de bacon, mais on appuie dessus avec une spatule pour ne pas qu'elles *flochent*.

FLYE [prononcer flaille]

Terme aux significations multiples. « Ça flye » : c'est super, c'est fort, ça vole, ou ça va vite. « Tu as entendu le dernier album de Motorhead ? Puuuutain, ça flye ! » Ou : « Tu aurais dû voir Fouad courir quand les flics sont arrivés, il a flyé, mais flyé ! » Ou : « Il a commencé à lancer des assiettes, et ça flyait dans tous les sens. » Signifie aussi taper, frapper. « Flyer sur la gueule de quelqu'un » : lui mettre une raclée. « Maaaauuuu j'ai mau, l'm'a flyi sum'gueuuu. » Enfin, peut également prendre le sens d'envoyer : « Flye la bouteille d'Hermitage par ici, malheureux ! »

FOUCHNIN

Petits morceaux de quelque chose qui restent, qui traînent. Quand on a presque fini un paquet de chips, dans le fond, il y a un tapis de petits morceaux de chips cassés : ce sont des *fouchnins*. Idem pour des bouts de chocolat qui se sont séparés quand on a cassé le chocolat. Ou pour les toutes petites frites qui glissent dans le fond du paquet (elles ont leur propre nom, les *kikittes*). Le *fouchnin* est un petit reste, qu'il est agréable de manger quand même, parce qu'on aime ça. Un sport scandaleux, le lancer de *fouchnins*, a été interdit partout dans les années quatre-vingt, sauf dans le jeu « Fort Bauyard ».

FOUFOUILLE

Sans ordre, maladroit, désordonné. « J'avais demandé à Julien de me rendre ma cassette du best of de "Ciel Mon Mardi", mais il est foufouille, donc évidemment il l'a perdue. » Une personne *foufouille* est souvent innocente, elle est *foufouille* malgré elle. C'est la faute des parents et de cette absurde loi qui interdit les colliers électriques pour enfants.

FRÈCHE

Frais, humide, mouillé, trempé. « Où est Laurence ?... – Je suis là... aux cabinets. J'ai cor fait din m'culotte. C'est frèche. »

FRÉQUENTER

Sortir avec quelqu'un, courtiser... « Tu savais que le fils de Marie-Jeanne fréquente ?... Eh oui, il a déjà seize ans ! » Se dit aussi de deux personnes : « Le fils Dubois et la fille Giordano fréquentent. – Ah bon ? Je pensais qu'il était pédé, le Dubois. – Non, plus depuis qu'il a rompu avec Jean-Guy. – Ah oui. »

Frères Taloche

Duo de plus ou moins jumeaux et soi-disant humoristiques wallons, sortes de Chevalier et Laspalesse belges (mais pas barbus, et qui se ressemblent). Étrangement, ils sont tous deux sosies de Benjamin Castaldi. Oh j'ai soudain fort mal à la tête.

Fricadelle (ou Fricandelle)

Sorte de *poulycroc*. Tuyau de viande hachée reconstituée contenant tous les déchets des abattoirs augmentés de sel, d'épices, d'arômes artificiels, et d'une myriade d'adjuvants chimiques les rendant apparemment mangeables pour des individus crédules, suicidaires, et de peu d'envergure gastronomique, qu'on fait frire et qu'on trempe dans de la sauce, mayonnaise, andalouse ou autre. Produit de friterie particulièrement dégoûtant, étant malheureusement l'aliment principal de certains jeunes Hollandais un peu mal élevés.

Frigolite (ou Frigolyte)

Matière blanche, résistante et légère qui entoure les objets électroménagers, connue dans le reste du monde sous l'alias « polystyrène expansé ». Dans les années *septante*, on en achetait aux enfants des plaques avec des dessins dessus, qui se découpaient avec le « U-Magic », sorte de diapason sur pile avec fil métallique qui chauffait et permettait la découpe de la *frigolite* par fonte. Le « U-Magic » est l'ancêtre de la « raquette-à-flinguer-les-insectes », nouveau gadget *made in China* très utile en été, notamment durant les tournois de badminton (sport proche du badminton, mais qu'ici on prononcera bâde-main-thon), comme celui de Ouinbledon.

FRISKO OU FRISCO

En fait, on ne connaît pas d'équivalent en français. Un *frisko*, c'est un *frisko*. Le terme désigne tous les chocolats glacés, magnum, frutti, etc. : tout ce qui est glacé et présenté sur bâton. Fort connu aussi, le *cornetto*, sorte de cornet de glace industriel qui peut être à tous les goûts, mais en a souvent fort peu. Rien à voir avec la chanson de Nicolas Peyrac.

FRITES

Sujet hautement respectable en Belgique. La frite aurait été inventée à deux endroits. En Flandres d'abord, où l'on faisait des fritures de petits poissons au retour de la pêche, et où, quand la pêche était maigre, l'on coupait des pommes de terre en petits bâtonnets que l'on sculptait grossièrement en forme de poissons, avant de les passer à la graisse. À Paris ensuite, avec la célèbre pomme Pont-Neuf, bâtonnet parallélépipédique de patate frite. De ces deux origines, la « pomme frite » actuelle serait issue. Quand j'étais gamin, on en achetait en cornets dans des *fritures*. Les cornets étaient uniquement faits de plusieurs couches de papier roulées en cône. Par après, des cônes de carton ont fait leur apparition, facilitant le travail des *frituristes*, et sous la pression des défenseurs de la langue plutôt que du goût, les *fritures* sont devenues des *friteries*. On y vend des frites (en paquets à trente, paquets à quarante francs – belges –, devenus maintenant paquets à un euro cinquante, etc.) mais aussi des boulettes (nommées *boulets* ou *vitoulets*, à l'ail, nature, etc.), ainsi que toute une déclinaison de viandes (*fricadelles*, *poulycroc*, brochettes…) accompagnées d'une kyrielle de sauces (qui traditionnellement sont servies sur les frites, et pas à part). Les frites belges faites dans les règles de l'art sont cuites dans le blanc de bœuf, ou un mélange de ce dernier et d'huile végétale.

FROTTER

Récurer, laver, brosser, mais aussi danser un slow *frotte frotte*. On *frotte* aussi les oreilles d'un enfant qui a fait des bêtises, pour le punir.

FROTTEUR

Petite brosse souvent faite d'un morceau de feutre sur un socle de bois, destinée à effacer les tableaux noirs dans les classes des écoles. N'efface pas parfaitement la craie (l'éponge est là pour ça, souvent trempée dans un seau d'eau très sale qui n'a pas été changée depuis six jours vu que les femmes de charge en tablier bleu ne font les classes qu'une fois par semaine). Le *frotteur* produit un bruit de friction sèche fort désagréable, et est parfois lancé par le professeur à la tête d'élèves récalcitrants ou chahuteurs.

G

GAILLE (wallon)

Littéralement, « noix ». *Taper à gaille* : faire ou dire quelque chose au hasard. « Allez, réponds. – Mais je ne sais pas la réponse, moi ! – Mais tape à gaille !!! » : plutôt que de ne rien dire, dis n'importe quoi, au hasard. Autre exemple : « Une de ces boîtes contient cent mille euros. L'autre une brosse à dents. Laquelle choisissez-vous ? » Dans le cas de jeux idiots comme celui-là, il faut *taper à gaille*.

GALAFF (ou GALAFFE)

Gourmand, qui adore se baffrer de trop de bonnes choses, ou qui mange trop vite et/ou salement. « Martin, laisse ce Raider, galaff ! Et ça suffit, tu as déjà mangé cinq galettes, tu ne sauras plus souper après ! »

GÂTÉ(E)

Faire gâtée : faire un câlin. Une *grosse gâtée* est un enfant comblé, que les parents adorent et couvrent de cadeaux. Être « pourri-gâté » : être gâté à l'extrême.

Gazette

Journal, de format quotidien, dans un papier destiné à emballer le poisson. À Charleroi, n'existe que sous une forme *Nouvelle* (alors qu'il n'en existe aucune d'ancienne) et on parle aussi de *Petite Gazette* (alors qu'il n'y en a aucune qui s'appelle *Grande*).

Genre

Souvent utilisé pour acquiescer, en lieu et place de « Oui, par exemple », ou « Oui un truc comme ça ». « Moi le dimanche, j'aime encore bien aller faire des balades avec les enfants et le chien. – Aux lacs de l'Eau d'Heure ? – Genre. » Ou aussi : « Tu sais, Odessa, parfois j'en ai tellement marre des grands repas gastro, que je rêve d'un bon petit plat sympathique sans chichis. – Quoi, comme un couscous ou un gros spaghet' ? – Genre. »

Gille

Personnage folklorique au costume brun orné de lions orange, rouge et or, bourré de paille, avec des dentelles et des grelots, parfois un masque, un chapeau orné d'énormes plumes d'autruche blanches et roses, chaussé de sabots de bois et ayant dans un panier d'osier rempli d'oranges qu'il lance assez violemment sur les gens lors de cortèges ou farandoles géantes nommés « rondeaux ». Oui, ça peut paraître incroyable mais c'est la pure vérité. Les *Gilles* sortent en « société », forment des cortèges, ce après avoir mangé des huîtres, bu du champagne, puis de la bière en quantités sidérantes. Ils sont suivis d'une fanfare typique, nommée de manière très originale « musique », dans lesquelles il y a toujours une sorte de petite trompette qui joue totalement faux, et sont parfois accompagnés d'autres groupes formés de « femmes », de « pierrots » ou de « paysans ». Battant depuis le matin les pavés avec leurs sabots, de manière sonore et parfois énervante, ils terminent en rondeau le soir avec un feu d'artifice. Les essaims de *Gilles* se trouvent principalement autour de Binche, dans la région du Centre et du Borinage. En 2010, le groupe de musique industrielle transe ambiante minimaliste et répétitive nEGA-PADRES.3.3. (c'est son vrai nom) leur a consacré un album entier dont l'un des morceaux comporte ce refrain : « Gille, le petit Gille, lance des oranges », qui n'est pas sans rappeler le grand essor que la pédophilie a connu dans notre pays dans les eighties. Ah que c'étaient de belles années (pour la musique, hein, n'allez pas me faire parler du clergé ou du trou).

GODICHE

Ridicule, ayant l'air bête avec un drôle de chapeau, un élément vestimentaire qui ne lui va pas, habillée de manière correcte mais totalement dénuée de goût, ou surannée. « Mais Marianne que tu as l'air godiche avec ce chapeau de climbia ! » Ou, autre exemple : « Roselyne Bachelot. »

GOÛTER

Plaire. « Est-ce que ça te goûte ? » : est-ce que ça te plaît, est-ce que tu apprécies ?

GOUTTE

Petit verre d'alcool. « Boire une goutte » signifie prendre un verre, en parlant d'un alcool ou d'une liqueur. Traditionnellement servi dans des *verres à goutte*, petits verres de la taille d'un gros dé à coudre. Mon cousin Augustin servait du mauvais apéritif dans des *verres à goutte* lorsqu'on allait lui souhaiter la bonne année, à lui ainsi qu'à notre pauvre cousine Germaine, pliée en deux par une maladie du dos et baignant trois cent soixante-cinq jours par an dans ses urines sur un vieux divan. Cousin Augustin, d'origine flamande et d'un naturel expansif, aimait embrasser goulûment ma tante Oliva et ses filles Françoise et Chantal, expérience annuelle très traumatisante leur ayant fait risquer le lesbianisme. Cousin Augustin et pauvre cousine Germaine percluse d'arthrose avaient un chien, un affreux doberman nain de quinze ans, aveugle, le museau couvert de verrues, hargneux, et qui pétait sans cesse de manière aussi sonore qu'odorante. Ah que c'était bien le nouvel an, quand on était petits.

Grosse Trouille (ou Grosse Troûye)

Personne aux mœurs plus que légères, de peu de moralité, et s'adonnant à toutes sortes de libations sans retenue ni modération (voir aussi, pour information, *Michel Daerden* et *Saoulée*).

GSM (ou « Un Gé »)

Téléphone portable ou cellulaire. À ne pas confondre avec « téléphone sans fil », téléphone « fixe » sans fil à utiliser dans une maison et qui communique par ondes avec sa base. Les GSM sont nés à la fin des années quatre-vingt, et ont remplacé les anciens « mobilophones » qui étaient lourds, ornés d'une valise, souvent installés dans les voitures de riches entrepreneurs ou dans les véhicules de sécurité. Très rapidement, en France, on les a appelés « portables », alors que cet adjectif peut qualifier aussi un ordinateur portable, ou finalement tout ce qui se porte : une sacoche, un sac à dos, etc. En Belgique, on a donc adopté « GSM » (prononcer « Géhèssemm' ») comme dénomination de cet appareil précis. Le mot est utilisé aussi bien dans la partie francophone qu'en Flandres (où certaines personnes le prononcent « GéHèZème », ce qui est étrange, mais bon). En langage snob de Hoeilaert ou Knokke-le-Zoute, ont dit aussi « un Gé ». Exemple : « Charles-Henri, as-tu vu mon Gé ? Mais siiiiii, je l'avais déposé sur le divan, avec mon pull Lacoste, et mon Gé est dedans ! Alleeeez, je dois ââââbsolûûment appeler Claire-Marie pour lui dire que je ne peux la voir au haras afin de monter ce week-end, j'ai vraiment trop mal au derrièèère. » Le « Gé » est donc souvent un iPhone, le dernier BlackBerry ou un Nokia super cher, et on le sort ostensiblement en sirotant un Perrier grenadine sur la place Matuvu ou au Louise-Village en parlant fort et en riant toujours à la fin tout en lançant « Ouais c'est ça, saluuuut » avant de se remettre la mèche.

GUINZE

Cuite, *douffe*. « Pfioouuu ti je m'suis pris une guinze de deux mètres ! » (Rubis de Binche).

H - I - J

HANSE

Poignée circulaire ou découpée dans la masse, comme celle d'un sac plastique ou d'un arrosoir. Par exemple, lors de leur premier rendez-vous, les futurs époux Galopin sont venus avec un objet reconnaissable : Robert avec un jambonneau, Raymonde avec un arrosoir qu'elle tenait par la *hanse* (hommage à Binet).

HEIN

Quoi, pardon, plaît-il ? Façon de demander à quelqu'un de répéter ce qu'il vient de dire, soit parce qu'on a mal entendu, soit parce qu'on n'en croit pas ses oreilles. « Le gouvernement est tombé à cause des Flamands, il va encore falloir aller voter. – Hein ? » Il y a aussi la version « Hein dites ? », qui signifie « N'est-ce-pas ? » ou « Qu'en pensez-vous ? », comme par exemple dans : « On irait bien manger une crêpe, hein dites ? »

IMBÉCILE-COUILLON

Biesse, connard, *malin*, *saisi*. Aussi parfois appelé « idiot-bête » par les bitchy-Belges originaires de Courbevoie. Les *Snuls* en ont aussi fait un célèbre jeu télévisé.

Jacques Careuil

Sorte de Guy Lux belge, animateur adoré de tous pour son côté sympa et « Tintin ». Il animait « Feu vert », l'émission pour les « jeunes » du mercredi après-midi, et a ensuite animé le légendaire « Voulez-vous jouer » dans les années *septante*, avec Albert Deguelle (sorte de Jean-Claude Bourret belge avec moustache de Dupont et œil de verre). Il est ensuite parti à Ibiza où il vit aujourd'hui tranquillement (à part un retour remarqué au début des années 2000 pour une animation de jeu télé à Walibi, au cours duquel son fan-club, mené par Éric, Pol, Charlier, Gene et moi, lui a fait un accueil du tonnerre). Reviens, Jacques Careuil, reviens !

Jatte

Tasse, ou petit bol. Une *jatte* de café.

Je n'en peux rien

Faute de français communément commise en Belgique, la phrase exacte étant : « Je n'y peux rien. »

Jeunes solistes

Très pathétique jeu télévisé qui présentait des jeunes enfants jouant horriblement mal du piano ou du violon, le tout présenté par un vieux crocodile apparemment coiffé d'une perruque-casque grise. Les *Snuls* en ont fait « Jeunes autistes », un sketch très drôle où ils traitent avec une justesse chirurgicale les jeunes candidats de « petit imbécile », « connard » ou « Ludwig Von ».

Jo Lemaire

Chanteuse wallonne originaire de Gembloux, rockeuse des années 1978-1982 connue pour son groupe Flouze, et qui, comme Sandra Kim, est devenue flamande une fois qu'on n'avait plus envie de l'entendre chez nous.

Jouette

Facétieux. Quelqu'un de *jouette* aime faire des blagues, piéger ses amis, juste pour rire, et pas de manière méchante. Exemple : « Sophie, où as-tu mis la dernière affiche de recherche du chien perdu, celle qui était à part ?? – Heu, chez le boucher. – Zut, c'était un exemple pour rire, sur celle-là, Philippe avait marqué que ta mère récompenserait la personne qui retrouverait le chien en la fouettant en guépière de cuir. – Quoi ?? – Mais, oui, tu sais bien, Philippe est très jouette. »

K

KE (flamand et *brusseleir*)

Suffixe à ajouter à n'importe quel nom ou adjectif pour en faire une version « petite et amicale ». « Bonjour Justineke » : « Bonjour ma petite Justine. » « Salut Chouke » : « Salut mon petit chou. » *Manneke(n)* signifie petit homme, *balleke* petite balle (ou boulette), etc.

KERTCHI (ou KERCHI)

Chargé. « T'as kerchi t'n'auto ». « Tu as hyper chargé ta bagnole. » « Em nhomme il est kerchi (avec sa femme qu'è s't'un vrai stron) » : « Eh bien lui il est bien encombré (avec sa charmante épouse). » Signifie aussi : il a du mal, « il n'a pas facile ».

KET (*brusseleir* ; typicité bruxelloise)

Mec. « Hé, salut ket. » À ne pas confondre avec *quette*.

KICKER

Baby-foot.

KIKINE

Voir (ou sentir, ça dépend si c'est frais) *Quiquine*.

KIKITTE

Toutes petites frites qui tombent dans le fond du plat, entièrement croustillantes. Souvent déchets de découpe étant tombés avec les frites. Hautes en cholestérol, elles sont aussi hautement délicieuses à croquer. Ce duo entre le cholestérol et le plaisir est fort commun dans la gastronomie, non ? (voir *Fouchnin*).

KROLLE (ou CROLLE, CROLÉ ; *brusseleir* et flamand ; typicité bruxelloise)

Bouclé : « Oh regarde le crolé, là. » On était parfois dur envers ceux qui l'étaient dans la cour de l'école, les *crolés* étant persécutés autant que les roux ou les Namurois. Mais pour eux, quelle économie de coiffurage le matin ! Les *crolés*, c'est connu, sont à la base de toutes les épidémies de poux et de locustes géants. À ne pas confondre avec Pierre Kroll, sorte de Plantu belge, ni avec Piero Kenroll, mémoire du rock belge. Tare suprême, les *crolés* peuvent aussi être roux. On dit aussi *kroll-kop* : tête de *crolle* (voir *Rouchat*).

KWAK

Bière brune brassée dans la région bruxelloise. Créée sous Napoléon par Pauwel Kwak, elle est traditionnellement servie dans un verre très étrange formé d'une longue coupe évasée et d'une base en forme de sphère contenant la moitié du liquide, qui ressemble un peu à une sorte de grand sablier ouvert d'un côté. Le tout est placé sur un pied de bois comportant un « étage » retenant de la chute le corps de la coupe, comme une fusée sur son pas de tir. La forme du verre provient du temps où les cochers s'arrêtaient à la brasserie Kwak mais ne pouvaient quitter leur attelage. Pauwel Kwak a créé ce verre spécial, sans pied, qui s'accrochait ainsi à un élément du coche par son milieu. Si on la boit trop vite, le contenu de la sphère se libère tout d'un coup et vous ramassez tout dans la gueule. Ça fait bête.

KWISTAX (ou CUISTAX)

(Vous n'auriez jamais pensé qu'il y aurait *deux* mots commençant par Kw, hein ? Eh ben si.) Sorte de karting mû à la force des cuisses par un pédalier. Il y a des *kwistax* à un, deux, quatre et six places. Ça a l'air facile comme ça, mais c'est super dur. En général on doit manger une gaufre au sucre chez Santos Palace et/ou une crêpe et/ou une glace tous les quarts d'heure pour tenir le coup. Le top est de faire le trajet de La Panne jusqu'au Méli en *kwistax*, mais c'est de plus en plus difficile depuis que ce salaud de Plop (voir *Méli*) et son armée de nazis flamands bonnetés occupent ce qui, pour nous, sera toujours le pays magique des abeilles.

L

Laurence Bibot

Femme la plus drôle de Belgique, sauf lorsque Valérie Lemercier est dans le pays.

Lavette

Morceau de tissu en élasto-éponge, toujours mouillé, servant à essuyer les tables, ou faisant office de petit torchon. « Merde, Olivia, j'ai renversé de l'Orval sur mon Vaio, passe-moi vite une lavette. » Ce mot peut aussi caractériser un homme de peu de courage : « Il fait tout ce que sa femme lui dit, c'est une vraie lavette. » À ne pas confondre avec la capitale de Malte.

Liars (ou Liards)

Argent, sous. « T'as des liars ? » : « As-tu de l'argent (sur toi) ? »

Lichette

Petit morceau de tissu cousu au milieu du col intérieur d'une veste ou d'un vêtement, permettant de le suspendre à un portemanteau ou à un quelconque crochet. « Attraper quelqu'un par la lichette » : accrocher de justesse quelqu'un qui tentait de passer sans s'arrêter. Désigne aussi une petite couche, un petit peu de quelque chose en plus : « Roland, remettez-moi donc une lichette de cette excellent minervois, je vous prie, mon brave ! » Ou : « Désirez-vous encore un peu de sauce sur votre pigeonneau ? – Oui, juste une lichette, là, sur la cuisse. »

LOGOPÈDE

Orthophoniste. C'est le job que faisait Mathilde avant de devenir princesse. Comme quoi la langue, ça mène à tout. Curieusement, le dictionnaire français admet « logopédie » comme discipline médicale, mais pas le mot « logopède », dont l'étymologie me semble pourtant parfaitement de bon aloi, comme aurait dit Maître Capello, que ce soit ici ou à Vichy.

LUMEÇON (ou LUMÇON)

Petite limace, limaçon. On en trouve dans les salades, les scarolles et les légumes mal nettoyés. Expression qualifiant quelqu'un manquant d'entrain ou d'énergie : « Il est aussi courageux qu'un lumeçon dans une jatte de sirop. » Aussi symbole de la ville de Namur.

LUMER

Être allumé. « Mais si, Poso doit être chez lui, regarde, y a une lampe qui lume. »

LUXEMBOURG

Équivalent belge de la Suisse. Des banques, des bureaux, et du vin parfois bon mais toujours trop cher. Seule différence, ils font aussi une excellente bière, la Diekirch, dont deux verres par semaine sont supposés vous protéger des pierres aux reins !

M

Maaaaaaaaaaaaa

Version longue et phonétique de « Maaaaaiiiiis », sans le son « ai » et dont l'intonation finale remonte. Un peu comme « Rrrroooooo », c'est une forme d'interjection qui peut démarrer ou finir une phrase. Elle traduit le grand étonnement et la sensation de choc de la personne qui raconte ou écoute une histoire scandaleuse. « Il paraîtrait que le mari de Jeanne s'amuse avec le boucher. – Maaaaaaaaaaaaa ! – Oui, je le sais par Yvette Cacaille qui l'a dit à Richalda. – Maaaaaaaaaaa ! » Ou encore, Lucienne arrive chez Simone et dit « Maaaaaaaaa, Simone, tu ne sais pas ce que j'ai entendu !!! » et ensuite lui raconte qu'elle a vu Esther qui lui a raconté qu'Amélie allait quand même faire ses courses malgré son prolapse intestinal, et qu'en plus, son chien a été écrasé par le bus.

Machiavel

Groupe de rock belge formé dans les années *septante* par différents musiciens chevelus et un futur magnat de la radio. Machiavel est ce qu'il y a de plus proche de Genesis en Belgique, malgré le fait que le batteur (qui était si beau et sexy quand il était gros et barbu) aime aussi énormément Pink

Floyd (je profite de l'occasion, et d'une inique tentative de correction de mon éditrice, pour CLAMER que chez nous on n'a pas cette habitude idiote de mettre des « les » avant tous les noms de groupes. Sous prétexte que la France a vu naître des trésors de créativité tels que « Les Chaussettes noires » et « Les Martin Circus », on ne peut généraliser (exemple : Téléphone, Bijou, Starshooter : pas de « les »). Donc, ce n'était pas « The Pink Floyd's » donc ça ne sera jamais « Les Pink Floyd » mais juste « Pink Floyd ». Par contre « The Who » c'est « LE Who ». Na). Où en étais-je ? Ah oui, Machiavel. Le groupe a stoppé ses activités en 1987, mais est revenu en 1996, causant un effroi total parmi les amateurs de musique. Depuis, on n'arrive plus à les arrêter.

MADAME CHAPEAU

Personnage de la pièce de théâtre bruxelloise légendaire *Bossemans et Coppenole*. Le rôle de cette vieille demoiselle un peu acariâtre et guindée était traditionnellement joué par un homme (le plus célèbre fut le regretté comédien Jean Hayet). Madame Chapeau s'appelle en fait Amélie Vanbeneede (ce qui en *brusseleir* signifie phonétiquement « Amélie d'en dessous »). Une réplique célèbre de Madame Chapeau : « Je ne m'appelle pas comme ça ! Ça est les crapuleux de ma *strotje* qui m'ont appelée comme ça parce que je suis trop fière pour sortir en cheveux ! » La ville de Bruxelles a eu la bonne idée d'ériger une statue de Madame Chapeau, rue du Midi, pas loin de « Chez Maman » (voir *Maman*).

MAGRITTE

Peintre belge, grand amateur de pipes.

Makiasse

Caoutchouteux. Se dit d'un aliment qu'on trouve à la fois mou et un peu dur à couper ou mâcher, comme de la vieille pâte feuilletée. « Brad, comment tu as trouvé ma tarte aux concombres ? – Pas mauvaise, Angelina, mais tu n'aurais pas dû la mettre au frigo, maintenant, elle est un peu makiasse. »

Makka (ou Maka, Maca)

Tas, amoncellement. « Hé grand, c'est toi qui a mis ce makka de boue devant chez moi ? Mais ça n'va né din t'tchesse ?? » Un *makka* peut aussi être un coup de poing : « Ti, si tu m'énerves co, tu vas ramasser un maca din't gueu. »

Malheureux

Mot qu'on va utiliser pour invectiver quelqu'un qui est sur le point de faire quelque chose d'irresponsable, de potentiellement dangereux ou de dommageable. Par exemple, vous faites visiter une centrale nucléaire à un groupe de jeunes et un des gamins met sa main sur la manette rouge qui peut tout faire exploser ; vous crierez alors très fort (en tapant vos bras en l'air) : « Touche pas à ça, malheureux ! »

Malin

Idiot, imbécile, crétin. « Mais non ça ne se mange pas, malin !! » lancerez-vous à votre fils Romuald pour lui dire de ne pas avaler ces baies de belladone.

Maman

Serge. Patron et principal artiste transformiste du bar-cabaret « Chez Maman », équivalent bruxellois de « Chez Michou », mais en moins bleu.

MANCHE-À-BALLE

Crétin, connard, cire-pompes, fayot, lèche-cul, frotte-manches, souvent boutonneux et (de fait) n'ayant pas encore découvert l'usage de sa *quette*, mais premier de classe par chouchouterie du prof ou juste parce qu'il passe tout son temps à étudier, n'ayant aucune imagination, et donc envie de rien d'autre. Nous avons tous connu des manches-à-balle, et ils sont à présent souvent ministres, profs de math ou entraîneurs de foot.

MANDAILLE (ou MANDAYE) [prononcer manne-d'ail]

Au sens propre, manutentionnaire, ouvrier manuel ; au sens figuré, personnage de basse classe, de peu d'éducation et/ou pauvre et vulgaire (en parisien on dit « provincial »). Désignait à l'origine un « manœuvre », terme indiquant les membres du niveau le plus bas des ouvriers manuels, sans qualification propre, principalement dans le milieu de la construction. Par glissement, se dit aujourd'hui de toute personne exécutant un travail d'exécution au dernier échelon d'une hiérarchie. Dans la fonction publique, où on est faux-derche, on dira toutefois « assistant d'administration ». Et dans un cabinet ministériel (où on pense toujours faire mieux que les autres), on dira un « va-chercher » ou un « porteur de serviettes ». En France, on dira « employé fictif du RPR ».

MANIQUE

Morceau d'étoffe rembourrée servant à prendre les casseroles ou le manche trop chaud des poêlons. « Aiiie frouttch j'ai brûlé ma main en prenant la casserole de rata ! – Mais enfin chouke, je te l'ai déjà dit, de prendre une manique. » À ne pas confondre avec Janique, prénom fort aimé dans les années soixante, ni avec le nasique, singe sosie de Rastapopoulos et d'un des sommeliers du « Comme Chez Soi ».

MANTE

Manne, gros panier en osier pour mettre la lessive ou pour récolter les fruits. *Mante à prones* : manne à prunes. « Maaaaaaaaa, t'as vu Cindy, qu'est-ce qu'elle a grossi, elle a un cul comme une mante à prones !!! »

MARC HERMAN

Vieil humoriste à barbiche, sorte de Pierre Péchin belge (moins les imitations).

MARIA DEI (latin)

« Mère de dieu ». Expression utilisée comme une sorte d'exclamation : « Oh mon Dieu ! » ou « Saperlipopette ! » – surtout par les femmes nées avant 1950. « Maaaaaaaria Dei, j'ai mis deux fois du beurre dans mes croquettes géantes ! » Ou : « Maria Dei, Michel a encore perdu un orteil. »

MARINE

La Marine belge est un corps d'armée fort rigolo, un peu comme la Marine suisse. Mais il se prend fort au sérieux, et a même des « bases navales », ce qui serait fort utile en cas de tentative d'invasion par les hordes islandaises, par exemple. Je pense qu'on a une dizaine de bateaux parmi lesquels (je me suis renseigné) deux frégates, cinq dragueurs de mines (menace hyper importante en ce moment, d'où le nombre), un remorqueur, un navire de recherche océanographique (wow), un « bateau rapide de rivière » (et en plus c'est vrai !) et probablement un pédalo. *Marine* était aussi un excellent groupe de funk blanc dans la période new-wave, formé de

Marc Marine, qui a splitté, est devenu Marc Muerte, et vit à présent dans le bar du Hilton Brussels.

MARION

Animatrice télé, humoriste, comédienne, chanteuse... Marion a été pendant longtemps la compagne à la scène de Stéphane Steeman. Elle prêtait aussi sa voix à Bébé Antoine, le pendant belge de Nounours (voir *Bébé Antoine*).

MARONNES (wallon)

Culottes. « Elle a co'pischi din's'maronnes » : « Elle a encore pissé dans ses culottes (c'est frèche). »

MAU BEL AIR (AVOIR)

Agir maladroitement. « T'as mau bel air » : « Tu es maladroit », « Tu t'y prends mal. » « Oh oui, vas-y, fais-moi viendre... » Et cinq minutes plus tard : « Ohhhh qu't'as mau bel air, passe-moi l'vibro ! »

MAUSTAMPÉ

Vient du verbe wallon *s'astamper* (voir *Astampé*), qui veut dire se mettre debout, se lever. Un *maustampé* est quelqu'un qui est mal foutu, tout tordu quand il est debout, ou par extension tellement mal habillé qu'on le dirait difforme ou bossu. Exemple : Jean-Pierre Mocky, Jean-Louis Borloo ou Columbo.

MAUVAIS BIEN

Médisant, sale individu, personne négative qui dit toujours du mal de tout ou fout la merde partout où il passe. « Mais tais-toi, mauvais bien. »

MÉLI

Parc d'attractions qui était situé à Adinkerke, près de La Panne (sur la côte belge), et auquel la quasi-totalité des enfants wallons sont allés durant leurs vacances. Le Méli avait été créé en 1935 autour des ruches à miel locales, d'abord petit parc sur le thème des abeilles et des animaux. Il y avait un mini-zoo, un parc nommé « le bois des contes de fées », avec des géants, des sorcières (dont une qui faisait « Hééééla, hééééla, qui frappe à ma porte ? », un gros monsieur qui avalait tout en disant « Donnez-moi du pââââpier », un ours empaillé, et le super top, les fontaines lumineuses et le bateau (ou train je ne sais plus, on était trop jeunes, et bourrés de miel hallucinogène) qui nous emmenait à travers le monde fantastique des abeilles (en *frigolyte* éclairée à la black-light) nommé *Apirama*. Le Méli, tout comme le Tibet, est malheureusement occupé depuis les années quatre-vingt-dix par les forces obscures d'un dictateur-nain barbu nommé *Plop*, qui avec un groupe de terroristes aux noms biscornus comme Dragzmaar, Kabtrouter, Prunaucu et Boufdubrin, ont transformé notre beau Méli en un horrible parc basé sur un dessin animé flamand (c'est le pire). Depuis l'invasion scandaleuse du Méli, le tentaculaire et perfide *Plop* a aussi racheté les cascades de Coo. Une honte. On craint le pire si un jour ce fourbe et monstrueux gnôme cherche à racheter Walibi ou le parc Paradisio !

METTEZ-VOUS

« Mettez-vous » (ou « Asseyez-vous »), comme dit l'imposant mais un peu gauche monsieur Beulemans dans la pièce *Le Mariage de mademoiselle Beulemans*, d'une grande truculence (voir aussi *Madame Chapeau* et *Christiane Lenain*). Au moment où Mme Beulemans mère lui pince la peau du cou en tentant de fermer pour lui le dernier bouton de sa chemise trop étroite, il crie : « Aiiieee ! mais vous prenez la viande avec ! »

MIAAARRRR (ou MILLLAAAARRRR) [prononcer mi-yar]

Prononciation longue du mot « milliard », sans prononcer le second « i ». Interjection ou juron qu'on placera en début de phrase pour exprimer une exaspération ou un ras-le-bol, ou mettre l'emphase sur ce qui suit. On peut allonger le premier « i » et le « a » à volonté selon la force de ce qu'on veut exprimer. Par exemple : « Millllaaaaaarrrr Josianne, t'en as encore pour longtemps dans la salle de bains ? Je dois faire, et ça presse ! » Millllaaaaaarrrr peut aussi ponctuer un regret, une absence d'envie face à une obligation, comme dans « Merde, j'ai oublié de prendre du vinaigre à l'Aldi. Milllaaaarrrr, je vais cor devoir me taper la route… ». On peut aussi l'utiliser pour mettre l'emphase sur la qualité de quelque chose parce qu'on ne trouve pas les mots pour le dire, comme ici : « Milllaaaarrrr qu'elle est bonne ta tarte, mèmère ! »

MICHEL DAERDEN

Célèbre ministre belge, liégeois, superstar dans et hors du pays, sujet de la Daerdenmania et vedette de Youtube. Il est également l'être humain qui, au monde, ressemble le plus à un cabillaud. L'actrice Emmanuelle Devos, elle, est l'être humain qui ressemble le plus à un mérou.

MIETTE (UNE)

Un peu. « Il est une miette con » : il est un peu con (sur les bords). « Elle est bonne, ta sauce, mais moi je mettrais encore une miette de muscade, et puis si j'étais toi, avant de servir, je retirerais les têtes de poisson. »

MIJOLLE

Mot familier pour « moule », « vulve », « nounou ». La *mijolle* est le sexe féminin en long et en large (chez les Asiatiques plus large que long d'après Cire Yuzam). Par extension, on peut traiter des filles de *mijolles* : « Wow, regarde ça, y a plein d'mijolles ici. » Une de mes activités récréatives fréquentes à Disneyland est de crier « Miiiiijoooooollle ! » à tue-tête lors du passage de Cendrillon et d'afficher un visage ravi lorsqu'elle me répond d'un signe de la main, le sourire éclatant. Ça amuse énormément les autres Wallons également présents chez Miké ce jour-là.

MITRAILLETTE

Tronçon de baguette de pain rempli de frites, viandes frites et sauce. « Raoul, mets deux mitraillettes-merguez sauce riche ! » La *mitraillette*, fort populaire dans les années *septante* à *nonante*, a été depuis un peu détournée par le *durum*, sorte de crêpe turque farcie de viande, ayant succédé au pita grec par un phénomène d'envahissement gastronomique progressif. Vivement que le mégasushi les remplace.

MON, MA, MES

On fait parfois chez nous une utilisation néga-pronominale de ces articles : « Je vais laver mes mains », par exemple. Au lieu d'utiliser le verbe pronominal « se laver les mains », qui donnerait le correct « Je vais *me* laver *les* mains ». Ou « Je vais dans le salon afin de me couper les ongles *des* pieds », on dira « Je vais dans le salon couper les ongles de mes pieds comme un saligot que je suis ».

Monnonk

Mon oncle – équivalent local de « tonton ». « Maman, je vais aller dire bonjour à Monnonk Georch et Matante Irma. – D'accord ma chérie, mais ne rentre pas trop tard, n'oublie pas que l'infirmière vient à cinq heures pour ton lavement ! » On peut aussi spécifier la célèbre expression destinée à ceux qui tentent de refaire l'histoire en disant « Oui mais si vous aviez fait ceci, si vous aviez dit cela », qu'on coupe en disant : « Si ? Si ?... Si Matante avait des couilles, on l'appellerait Monnonk. »

Moooonnndje

Mon Dieu. Utilisé comme « Maaaaaaa » et « Rooooooo » pour débuter une phrase mettant en évidence quelque chose de choquant, de scandaleux ou de puissant : « Moooonnnndje qu'j'ai mal à la têêête », dit Éric le lendemain d'un concert à Maredsous. Peut s'utiliser aussi comme onomatopée isolée : en voyant Lolo Ferrari pour la première fois, tout individu sain d'esprit aura éructé « Mondje ! ».

Mouflette (ou Mouffette, Mické, Snotte, Snottebelle, « un Le »)

Crotte de nez. « Oh merttt', Mauro a encore éternué, son t-shirt Titeuf est plein d'mouflette. » Parfois, qui pend. On peut en faire des boulettes et les lancer, ou les coller sous la table, ou sur le mur. On peut les faire lécher par le chien. On peut aussi, plus hygiéniquement, les manger. Vive le recyclage.

Mougni

Manger. « Houuuu mais t'as mougni del grogne ? » : « Houlà, mais t'as bouffé de la grogne ? » Se dit d'un individu qui soudain devient déplaisant, ou s'est levé du mauvais pied.

Moumoutte

Perruque, toupet. « T'as vu ses cheveux à çui'là ? C'est une moumoutte. » Les gens qui portent des perruques sont des frustrés qui mentent à leur entourage et on ne peut donc leur faire confiance. La calvitie est un attribut des hommes les plus virils. En effet, la calvitie est souvent liée à un excès de testostérone. En ce sens, la perruque est castratrice, puisqu'elle empêche l'homme méga-viril de se révéler au grand jour. La seule chose qui soit pire que le port de la perruque, c'est la coiffure de ces hommes qui s'obstinent à laisser pousser deux longues mèches de cheveux sur les côtés ou l'arrière de la tête, et à les rabattre sur le devant en les fixant au gel ou à la laque dans le style des « Dupont-Dupond ». C'est absolument ridicule, ça ne cache rien, et au premier coup de vent, leur crâne se transforme en une exhibition d'art moderne où deux ou trois ténias se dresseraient et se tortilleraient à la surface d'un œuf géant sous l'effet de courants électriques spasmofères. Rasez-moi ça ! J'exhorte tous les porteurs de perruques à les lancer par la fenêtre ou à les faire empailler tels les trophées de leur victoire sur des complexes mal placés, puis à se laisser pousser la barbe et à porter des chemises ouvertes pour glorifier leur hirsutisme. Hourrah.

Mouni

Individu unique d'une espèce animale wallone (*Homo sapiens lapatkus*). Surnom du mari de l'auteur, être fait de patience et de bonté, ayant survécu à de nombreuses épreuves comme celle d'une absence congénitale de fesses. Le Mouni a été DJ sous le nom de « Christian et sa stéréo hi-fi (spécialiste de la bonne humeur) » et faisait dans les années *septante* la joie des mariages et des communions de Wallonie avec ses platines, son gilet à paillettes et son tambourin. Le Mouni est aussi artificier car il aime faire la bombe et vendre la mèche. Le Mouni est *Climbia* et étrangement, fier de l'être, ce qui n'est pas facile à vivre tous les jours pour son mari à lui qui-ne-sait-plus-de-quoi-il-peut-rire-ou-pas. Tout comme l'ours blanc avec qui il partage plus d'un trait, le Mouni a le poil immaculé, et ce depuis l'âge de 18 ans. À ne pas confondre avec *Mougni* qui est ce que fait le Mouni s'il aperçoit des boulettes ou un cervelas (voir *Cervelas*). C'est pavlovien chez lui.

N

NARREUX

Qui est facilement dégoûté : si on touche son assiette il ne mange plus, on ne peut pas boire dans son verre et s'il voit une *snottebelle* ou du pus sortir d'un gros furoncle violet, il rend. « Éric est narreux, et donc, s'il me voit manger mes *snottes*, il doit aller *roicler*. »

NENNI

Non, en wallon liégeois. Rien avoir avec le « Que nenni, que nenni » du françois moyennageux popularisé par Jacquouille dans *Les Visiteurs*. Nenni se dit seul, sans queue, et avec un accent long, style « Nennieuuuuu », les Liégeois parlant souvent comme s'ils avaient du sirop (de Liège) sur la langue.

NI UNE NI DEUX (FAIRE)

Sans hésitation. « J'ai fait ni une ni deux » : « Je n'ai pas réfléchi à deux fois. ». Ci et là en France, on dira : « Je n'ai fait ni une ni deux. » Nous avons simplifié. Quelle économie. Sauf pour Laurence. En effet : Laurence se balade sur l'avenue Louise et voit de superbes chaussures Manolo Blahnik : « Oh, je les ai vues, et j'ai fait ni une ni deux, je les ai achetées. Regarde-moi avec, on dirait Jeanne Mas, beau, hein ?... Hein ? »

Nolante

Mauvaise liaison pour parler de la Hollande. Cette dernière, province, est souvent confondue avec le pays dont elle fait partie, les Pays-Bas. Le nom du pays provient du fait qu'il est en grande partie sous le niveau de la mer, ce qui explique pourquoi les Hollandais sont si grands : leur corps tente de prévoir la montée des eaux en les transformant en périscopes. Les *Nolantais* sont fort connus pour leur légendaire pingrerie. Cette dernière est une conséquence d'un protestantisme exacerbé, dont les prescriptions calvinistes sont de se contenter de choses simples et de ne pas rechercher le plaisir. Le *Nolantais* profond ne prend donc aucun plaisir à table, n'est pas intéressé par la gastronomie, le vin, ni parfois par la culture, l'art, et ne se préoccupe que de gagner de l'argent et de faire des enfants (qui seront pour la plupart blonds, mangeront du poisson pané, du fromage industriel et du beurre de cacahuète nommé Pindakaaaaas). Force est de constater que les Hollandais (qu'on pourrait s'amuser à appeler Paybassiens) sont parmi les individus les plus haïs au monde (avec les Burundais et les Vénusiens, évidemment – je ne parlerai pas des Parisiens, vu que j'espère qu'un bon nombre d'entre eux achèteront ce livre et le recommanderont à leurs amis parigos, ce qui est bien moins sûr au Burundi). L'autocollant « NL » présent sur les voitures néerlandaises signifierait « Nous Limonade », vu que c'est ce qu'il y a de moins cher dans les cafés, et que c'est ce qu'ils commandent (pour une famille standard, un verre et quatre pailles). Lorsqu'ils arrivent en vacances, les *Nolantais* apportent dans leur coffre toutes sortes de provisions, pâtes, sauces, conserves de produits horribles et n'ayant aucun goût, afin de ne *rien* dépenser dans les commerces locaux. Enfin, le *Nolantais* aime la musique populaire, et Patrick Sébastien aurait énormément de succès entre Utrecht et Groningen. Un très bon service à rendre aux Français serait de le lui faire savoir.

NOM DI DOM

Nom de Dieu. Version courte de la locution latine approximative *Nominus di Domine*. Nom di Dom rime aussi avec *balatum*, ce qui est fort pratique dans l'écriture des poèmes. Exemple : « Regarde Yvette, Nom di Dom, le p'tit Benoît danse sur le balatum. »

NONANTE

Mot représentant la neuvième dizaine. Située entre ce que les Suisses appellent *huitante* et le chiffre cent. 40 + 50 = 90 : quarante plus cinquante égalent *nonante*. Indiscutablement plus simple et plus logique que « quatre-vingt-dix ». Le plus simple est de traduire pour expliquer. En effet, pourquoi dire « *four times twenty (plus) ten (plus) seven* » quand on peut dire « *ninety-seven* ». En français, NOUS disons *nonante-sept*, ce qui fait trois syllabes, alors que les handicapés hexagonaux se torturent depuis des siècles à éructer « quatre-vingt-dix-sept », soit cinq syllabes, ce qui est d'une complication sans nom. En effet, pourquoi compter par vingtaines ? Ou alors, si on veut suivre une certaine logique, pourquoi ne pas toujours compter en vingtaines ? Tant qu'on y est, pourquoi ne pas remplacer quarante par « deux vingt » et soixante par « trois vingt » ? « Je me souviens des émeutes de trois-vingt-huit ». Ou : « Quelle fameuse guerre que la guerre deux-vingt-deux-vingt-cinq ! » Et oublions cent : on peut dire « cinq vingt » et continuer jusque quatre cents qu'on prononcera désormais « vingt vingt ». Oui oui. Ou tant qu'on y est, recommençons à compter en douzaines ? (soupir)

Vous rendez-vous compte à quels dangers vous vous exposez si, par exemple, votre président doit dicter par téléphone (qu'on imagine rouge, avec un voyant qui lume) le code de désactivation de l'ogive nucléaire qu'il aurait par accident (ou sur un coup de sang) activée et pointée vers le Belarus, ou mieux, le Luxembourg, et que la personne à qui il le dicte, entendant « quatre-vingt-dix-sept, soixante-seize », tape « 80 17 60 16 » et valide ? Boum ! Plus de Luxembourg. Enfin oui ce serait un bien pour un mal mais quand même.

Non, mais c'est ridicule, il faut absolument imposer *septante* et *nonante* à toute la francophonie. Et je vais plus loin. Phrase que je ne pensais jamais prononcer de ma vie : les Suisses ont raison. Les Français, sur cette histoire de chiffres, sont totalement à la masse et n'ont aucune excuse. En Belgique, au moins, on dit cinquante, soixante, *septante*, quatre-vingts, *nonante*, cent. Clairement, les Suisses, en remplaçant quatre-vingts par *huitante* (ou octante, selon les endroits ou les époques), ont encore un cran d'intelligence d'avance sur nous. Pour une fois qu'on peut dire quelque chose de positif sur la Suisse, hein ? Vive *huitante*.

NON FAIT

Mais non, absolument pas. Négation indiquant qu'on est pas du tout d'accord avec ce qui vient d'être dit. Souvent suivi du mot « va ». « Nicolas est un excellent président. – Non fait, va ! »

NON PEUT-ÊTRE

En Brusseleir, « Non, peut-être » veut dire « oui », ou plus précisément « Oui, sûrement... », qu'on dit en levant les yeux au ciel d'un air moqueur, ou narquois, comme si ce que la personne vient de demander est tellement évident qu'une réponse est dispensable (un peu l'équivalent du « *Duh* ! » américain). Et pour dire « Non », on dira « Oui sans doute... ». Seuls les Belges s'y retrouvent.

NOUNOUILLE

Synonyme : doudouille. Individu sensible à la douleur, douillet, qui crie facilement. Par extension, personne de peu de caractère, qui a peur de tout. « Aïe ! Ça n'va né, baraki ?? – Quoi ? – Mais tu m'as lancé un parpin sur mon pied ! – Pffouuuu qu't'es nounouille ! »

NVA

Mauvaise orthographe de Nova, ou bien parti flamand très régionalo-nationaliste. Son leader, Bart De Wever, est gros et poilu (et donc très sexy, ce malgré un visage apparemment paralysé vu qu'il ne sourit jamais ni n'affiche la moindre expression ou sentiment). Il ressemble aussi un peu à un narval, ce mammifère marin fort rare également appelé licorne de mer, et dont l'anagramme phonétique approximative est « Nva râle », ce qui est souvent le cas.

O

On n'est pas à pièces

Avoir bien le temps. « On n'est pas à pièces » : « Il n'y a pas le feu. » À noter, n'a rien à voir avec Bernadette Chirac ni avec ce gros tapir de David Douillet.

Oufti

Interjection et bonbon. *Oufti* correspondra au « ouf » français, adjoint d'un « ti » faisant référence à la personne devant laquelle on dit « ouf », en espérant qu'elle accuse réception du danger qu'on vient d'encourir, et auquel on a échappé (d'où le « ouf »). Par exemple, vous mangez vos moules et soudain vous vous rendez compte que vous n'avez plus de mayonnaise pour tremper vos frites. Au moment où vous constatez cette horreur et frisez l'évanouissement, hop, le serveur vous ramène un godet de mayo : *Oufti*, c'était moins une. Ou vous vous baladez à la foire du Midi avec votre pote Kikoufette. Soudain, vous mettez le pied sur un paquet de *croustillons* et vous glissez. Au dernier moment vous vous rattrapez aux bourrelets ventraux d'une grosse Flamande qui vous suivait, et évitez de tomber le cul dans les beignets : « Oufti, je l'ai échappé belle. » Enfin, le *oufti* est une infamie de confiserie créée à Liège, composée de tranches de banane enrobées de chocolat, qu'on sert dans les cinémas. Dégoûtant, oui. Oh laissez-moi, je dois rendre.

OUILLE-OUILLE (ou OUYOUYE)

« Aïe » mais dans un sens plus profond. Si ça fait mal, c'est *ouille*. Dit deux fois, *ouille-ouille* n'exprime plus la douleur mais plutôt une crainte mêlée d'étonnement, parfois la lassitude ou le constat de l'impossibilité. « Ouille-ouille quel bordel ici, et quelle crasse à terre, et on n'a qu'une heure pour passer le torchon !!! » Ou : « Ouille-ouille, qu'est-ce que tu me demandes là ? » (Sous-entendant que ce sera très difficile, voire impossible à faire.) Dans certains cas, c'est plus menaçant : « Ouyouye, qu'est-ce que tu vas prendre ! » Souvent utilisé pour exprimer de la surprise par rapport au récit d'un interlocuteur : « Ouille-ouille, toi ! »

OUSKE

Là où. Version phonétique de « où ce que », formule déjà grammaticalement incorrecte au départ – pourquoi, alors, se faire du mal en le précisant. « Faut mettre un coup de peinture ouske c'est abîmé. » Ou : « Mouni, faut me mettre un suppositoire. – Où ? – Ben ouske j'ai mal, da. »

OUVRE-BOUTEILLE

Décapsuleur. Outil indispensable dans un pays où la bière est plus indispensable que l'eau ou l'air.

P

Paf (être)

Être tout paf. Rester paf : rester ébahi, bouche bée, surpris, les bras ballants, scié. À ne pas confondre avec Pif le chien (Gadget). Paf est aussi le chien qui a été écrasé par une voiture (« la voiture est passée, et paf le chien »). Également bite, queue : un « gros paf ». Enfin, initiales de « Participation Aux Frais » : « C'est combien la PAF pour la boum des anciens de l'athénée de Charleroi ? – Quinze euros. – Putain c'est cher pour revoir ces tronches de cake qui sont tous devenus profs ou avocats, laisse on n'y va pas, on va se commander une pizza comme Bénabar. – Ok chouke, mais pas une avec des ananas, c'est vraiment pour les nuls. »

Panade

Voir *Pape*. Par ailleurs, être dans la panade, c'est être dans le gaz ou dans la mélasse. À ne pas confondre avec « Palnade », qui n'est qu'une mauvaise orthographe pour « Scrabble ».

Panse

Tout comme en français hexagonal, désigne le ventre, l'abdomen. L'expression « s'en mettre plein's'panse » signifie se baffrer. Quant à « Panse pleine, arvwère marraine », elle moque les personnes qui ne vont dans leur famille que pour manger (ou par intérêt) et s'empressent de partir une fois le repas terminé, au lieu de proposer charitablement à *Monnonk* Joseph de faire une partie de strip-belote, ou de jouer au Twister avec leur vieille tante de *nonante-deux* ans, ce qui est idéal pour hériter rapidement, la gangrène pouvant aisément suivre une fracture du col du fémur mal soignée.

PAPE (ou PAPPE) [prononcer pap]

Bouillie. Les bébés belges adoooooorent. Les pépés aussi. Vachement plus parlant que « bouillie ». La *pape* s'écoule des commissures en *brotchant*, puis s'échoue généralement un peu sur la bavette mais aussi partout autour (on dit aussi *patta'vautou*).

PAR APRÈS

« Après » avec « par » devant. « D'abord, il a dit oui, par après, il a dit non. » Pourquoi faire simple quand on peut faire compliqué. N'existe pas en version « par avant ».

PASSER BON

Échapper à un contrôle auquel on pensait qu'on serait positif. « Les flics m'ont arrêté, j'ai soufflé dans le ballon, mais j'ai passé bon. » Passer un examen de justesse : « Je n'avais pas étudié, mais quelle chance, que des questions que je savais, j'ai eu bon à tout et je suis passé bon. »

PASSE-VITE

Outil ménager inventé en Belgique. Il s'agit d'une sorte de saladier en fer-blanc au fond plat et troué, au-dessus duquel est articulée une manivelle faisant tourner une plaque hélicoïdale écrasant les légumes ou fruits contre la grille, ce qui permet de les réduire en purée ou de les broyer.

Aussi qualificatif décrivant la carrière des 2B3 (depuis peu 2B2).

PATTA'VAUTOU

Partout, dans tous les sens. « Elle a fait du break dance sur sa tête et en tournant elle a accroché la casserole de bolo avec ses longs pieds, et il y en a eu patta'vautou dans la cuisine. Qué cucuche ta cousine ! » Si vous faites exploser un ballon plein de peinture rouge, eh bien il y en aura *patta'vautou* sur les murs. L'inventeur du *patta'vautou* est Jackson Pollock.

PÊCHON (wallon)

Poisson. L'expression fréquente « pêchon crèvè » désigne un poisson mort (par extension, du poisson pourri). « Mon chéri, tu devrais aller te laver, ton cul sent comme du pêchon crèvè. – Oui Mouni. »

PÈKET (wallon)

Alcool de genièvre, sec ou aux fruits, fort populaire dans les fêtes de rue, ducasses et kermesse, qu'on boit dans de petits verres au format « dé à coudre » et qui est parfois distillé par une dame nommée Geneviève. Le terme est originaine de la région de Liège, le Pèket coulant à flots dans les fêtes de la Cité ardente, et plus particulièrement du quartier d'Outremeuse, érigé en république fantoche pour le temps de ses fêtes du 15 Août. Gigantesque kermesse populaire, elle rassemble marché aux puces, procession, messe en plein air avec sermon en wallon, tirs de campes (gros pétards disposés en chapelets), cortège (avec les géants de la Province de Liège), jeux populaires (mât de cocagne, etc.), spectacles, folklore et animations diverses… De nombreuses traditions truculentes y sont présentes, jusqu'au 16 août, marqué par l'événement, le terrible « Enterrement de Mâti l'Ohé » : funérailles burlesques d'un gros os à viande posé dans un petit cercueil, porté à bout de bras à travers toute la ville, le tout accompagné de fanfares, de veuves éplorées beuglant sur le passage du cortège funèbre… Magnifique moment de second degré belge dans toute sa splendeur. Le mot « Pèket » est à ne pas confondre avec « pèquée », terme faisant référence à une famille nombreuse (pèquée = groupe de volatiles bécquetant les grains qu'on leur jette et par extension au bruit que cela produit), synonyme de marmaille ou parfois de « famille d'origine centrafricaine » selon le dictionnaire chiraquien.

PÈPÈRE

Papy. On dit aussi *mèmère* pour mamy. On utilise également bon-papa et bonne-maman, ou bobonne, mais dans les familles de *barakis* on dit surtout *pèpère* et *mèmère* (ou « vi'mam »).

PERCÉ-SOT

Fou, dingue, ou comme dirait Jean-Claude Vandamme, « totalement *insane* ». On imagine qu'il a un trou dans la tête, et donc il est « percé-sot ».

PHILIPPE GELUCK

Sorte de Raymond Devos, en moins gros, sauf le cou.

PI À'S'CU

« Un pied à son cul » : expression indiquant qu'on a l'intention de foutre sa femme – ou son mec – dehors parce qu'elle est chiante et acariâtre, et/ou qu'elle sent et/ou qu'elle a une culotte de cheval. Expression fort prisée du côté de La Louvière.

Piccolo

Petit pain croquant fait de la même pâte que la baguette. Et aussi, en musique, petite flûte (autre nom de la baguette, nommée « ficelle »).

Pichotte (ou Pichote ; wallon)

Urine, pisse. On dit d'une bière trop légère que c'est de la *pichotte*. Par exemple : « Corona, Budweiser, c'est v-émin dell pichotte ! »

Pierrot

Oiseau (petit). Se dit d'un moineau ou d'une mésange, ce format-là. On ne peut traiter un condor de *pierrot*. De toute façon, il y a peu de condors en Thudinie (région de Thuin, dont je salue les habitants au passage, vu que je n'y connais personne, ce qui est dingue vu que je ne vis pas si loin). « Mettre du pain pour les pierrots » : nourrir les oiseaux du jardin. Par extension, zizi : « Martin, ferme ta braillette, on voit ton pierrot »

Pils

Bière blonde, souvent servie à la pression. Mot provenant du tchèque Pilsener. Favorite des piliers de bar.

Pinte

Voir *Chope*. Terme utilisé usuellement toutes les dix minutes au légendaire « Golden Saloon », café rock de la ville de Charleroi dans les années *septante* et quatre-vingt. « Bernard, remets des pintes ici. » Bernard, serveur mythique, surnommé « L'homme du bar » en raison de la chanson « Wunderbar » du groupe punkoïde Tenpole Tudor. Comme le meunier, oui.

Pissotière

Urinoir public, vespasienne.

Pistolet

Petit pain rond, fendu en son milieu. On peut le manger au déjeuner (ni petit ni grand, vu qu'il n'y en a qu'un, voir *Cramique*), ou aussi le fourrer de fromage ou de filet américain (voir *Américain*) pour en faire un casse-croûte ou un briquet (voir *Dupont*).

Place

Emploi, job. Avoir une bonne place : avoir un emploi sûr, sérieux, rémunérateur. Tout parent rêve que « le gamin trouve une bonne place », comme par exemple chef de triage dans le parc à containers de Farciennes, ou cabinier au centre de traitement des eaux de Roux.

Plasticine

Pâte à modeler, mais qui ne durcit pas de manière permanente. On la ramollit dans la main, on peut la modeler ou l'étaler, et la réutiliser à volonté. De couleur brun clair à l'origine, elle a évolué ensuite dans toute une série de couleurs, mais toujours la même odeur.

Plekke (*brusseleir* ; typicité bruxelloise)

« Ça plekke » : ça colle, un peu comme les doigts et/ou les joues d'un *ket* (ou d'un enfant) s'enfonçant profondément dans la barbapapa, ou dégustant une *smoutebolle* (*croustillon* en flamand) – ou une pomme d'amour. « Ça plekke » enfin comme un dadais s'évertuant à vouloir passer un moment d'émotion et d'intimité lors d'un slow *squette-braillette* sur une piste de danse, par un été trop chaud, dans une salle trop peu aérée, et sous un éclairage bien trop fuschia.

Plotch

Grosse coulée molle. *Plotch* de beurre (mais une grosse, hein, et bien au-dessus de mon *makka* de purée).

Posture

Vase, potiche, ou statue, figurine.

Pouf (À)

Au hasard, les yeux fermés. En wallon, se dit aussi *à gailles* : « Laquelle on choisit ? – On tape à gailles. » Exemple : « Questions pour un… champignon ! Première question : qui est la doyenne de l'humanité ? (Buzz.) Oui, Irène ? – Oh, je ne sais pas… À pouf, Line Renaud ? » Attention, cela n'a rien à voir avec « se taper une pouffe », sorte d'ode au boudin, ni avec « Mariah Carey est une énorme pouffe » rengaine de la délicieuse Ariane Massenet au « Grand Journal » de Canal Plouffe.

Poulycroc

Sorte de *viandelle*, mais au poulet reconstitué. Idéal à tremper dans l'*andalouse*.

Pourcha (ou Pourchat)

Cochon, porc, sale individu. « Mais va lâcher ailleurs, ti pourcha ! » *Pourchatter* : agir de manière sale, s'en foutre partout, ou manger une *mitraillette* sans serviette si on a encore la lèvre paralysée par l'anesthésie du dentiste. *Pourchatterie* : chose sale, comme manger ses crottes de nez (surtout le matin quand elles collent sous la dent) ou glisser discrètement la crotte de son yorkshire sous le tapis persan de cousine Irma.

POUR FINIR

À la fin. En fin de compte. En définitive. Mais donc. « Dis chou, pour finir, tu y vas à l'anniversaire de cette conne de Clothilde, ou pas ? » Ou : « Mais pour finir, le bébé de Jérémy, c'est qui le père ? » Ou encore : « Oh mais Laurence, arrête de siffler ce *biesse* morceau de Marcel Amont, pour finir !!! » « Pour finir, on n'arrête plus » : locution typique indiquant que si on ne se ménage pas, on n'a plus une minute à soi.

POUR MOI (suivi d'un infinitif)

Locution infinitive, forme inconnue de la langue française hors Wallonie, remplaçant « de quoi » ou « ce qu'il me faut pour ». Par exemple, « J'ai acheté des planches pour moi faire une clôture devant la maison », ou « Chouke, j'y vais, et j'ai pris deux *vitoulets* et un peu de *rata* froid pour moi manger ».

POUVOIR

Verbe qu'on sait parfois remplacer par savoir (voir *Savoir*). Aussi expressions comme « Ça ne peut mal » (il n'y a pas de danger), ou « il ne peut mal » (ne vous en faites pas, il fera attention, il ne va rien casser), qu'on dira par exemple d'un enfant qui semble turbulent ou totalement idiot, face à un hôte inquiet de voir le gnôme approcher sa collection de cristal du Val Saint-Lambert !

PRÉNOMS

Il existe des prénoms étranges en Wallonie (ma tante Nelly me parlait toujours de son voisin Posa ; j'ai par ailleurs connu un Édès et même un Odyssée), mais c'est la prononciation qui est amusante. Beaucoup de prénoms contiennent les lettres « tch », comme par exemple Tcherry, Ditché et Sébachtien. Il y a aussi le « è » (avec accent grave), comme dans Jackè, Kèvènne, Jèssèca, ou Kèmberlè. Beaucoup de *barakis* donnent à leurs enfants des prénoms inspirés par leur source de culture principale, d'où, dans les années quatre-vingt, énormément de Bobbè, Jihère, Pamééla, Kèvènnen, Stéveune, et même un gosse que ses parents barrakissimes ont prénommé Bruce-Lee... Les enfants n'ont pas toujours facile.

PRESSER

Si on doit aller à la toilette, et que c'est très urgent, on toque à la porte du WC et on dit « Dépêche-toi, je dois aller, ça presse ». Cette expression d'une finesse étymologique totale indique qu'on a le cigare au bord des lèvres. On peut aussi dire « Il y a du monde dans le corridor » ou « La salle d'attente est pleine », ou encore « Y'm'faut'tchire ». Les Anglais disent *« I've got the Turtle Head »*, qu'on pourrait littéralement traduire par « Je aver la tête de towtue », ce qui est, vous admettrez, des plus pittoresques.

PROVERBES

Il existe de nombreux proverbes belges, trop nombreux pour vraiment être listés ici. Mais quelques-uns valent le détour. Comme « Tout a une fin, sauf le boudin qui en a deux » ; « La Belgique est un plaisir et doit le rester » ; « Si tu t'endors avec le cul qui gratte, tu te réveilleras avec le doigt qui pue », etc.

Q

QUATRE-VINGTS

À Paris, se dit « septante-dix » ou « cinquante-trente ». Manière belge de dire *huitante*, ce qui est un peu bête, vu que *huitante*, comme disent les Suisses, c'est vachement mieux.

QUETTER

Baiser, niquer. Je *quette*, il *quette*, nous *quettons*. Que ne *quettons*-nous pas ? Il eût fallu qu'il *quetât* sa femme un peu plus ardemment, et Joske ne serait pas célibataire à présent. Rien à voir avec une quête, par exemple dans une église remplie de chastes et d'abstinents : qui *quette* ne s'abstient donc pas. Une *quette* : une bite. Exemple : « Qué belle quette ! » Une *quéquette* : une petite bite. Exemple chanté avec la voix de Lou Deprijck sous un nom artificiel : « Toute petite, toute petite, ma quéquette. » Un *quetteur* : un homme à femmes. Le *quettage* : ben oui, le fait de *quetter*, mais combien d'exemples faudra-t-il vous donner ??

QUINZAINE

Chose qu'on peut perdre, et alors on est *disbautchi*. Quelqu'un de malheureux, désespéré (*disbautchi*) ira boire dans un bar pour oublier, et y perdra tout le salaire (la paie) de la moitié du mois : perdre sa quinzaine.

Quiquine (ou Quiquinne)

Sexe féminin. Nounou. Fente. Craille. Moule. *Quiquine* est l'expression familière sympathique, comme « nénette » ou « gouffre abyssal gluant ». *Quiquines de poupousses* fait référence à la forme « enflée » des parties génitales des chats de marque femelle ; désigne aussi un type de bonbons rouges comportant une raie au milieu. Une magnifique expression s'appliquant à des personnes fort fatiguées, ou se réveillant après une soirée fort arrosée, et dont les yeux sont bouffis ou gonflés au point qu'on ne voit qu'une fente oculaire entre les paupières et les poches rougies, les compare aux susdites vulves félines : « T'as des yeux comme des quiquines de poupousses. »

Quoi

Ce que. Existe aussi en ch'ti, ce qui fut récemment démontré dans un film français dont le titre n'incluait étrangement pas les mots « de la pluie », ni « pourquoi maman », ni « reviens repars », ni « axololt ». Se demander *quoi* : se demander ce qu'il se passe, ce qu'il en est. Dire *quoi* : dire ce qu'il en est, donner une réponse. « Bon, samedi on va au resto finalement ? – Je rentre et je demande à ma femme. – D'accord, tu me rappelles et tu me dis quoi ? – Ok ! »

R

RABOULOTER

Ramasser rapidement quelque chose, et le mettre en boule, sans prendre le temps de le plier, parfois pour l'emporter rapidement ou le mettre au sale. *Bouloter* : travailler avec énergie, ou manger avec appétit et empressement. Les deux sont souvent liés.

RACLAPOTAGE

Réparation sommaire ; couvrir un défaut avec un emplâtre provisoire, par exemple. Par extension, indique aussi un manque de finition, donc du désordre. « Qué raclapotage » : quel bordel, quel fouillis…

RACUSETTE [prononcer racuzette]

Délateur, fayot, personne qui dénonce quelqu'un d'autre (mais pour quelque chose de futile). Un élève qui rapporte à son professeur qui a jeté le tampon usagé de la grosse Vonny au tableau, un enfant qui dit à sa mère que c'est son frère qui a chié dans la lessiveuse et n'a pas ajouté d'adoucisseur, un gamin qui dénonce son copain qui a volé un cimeterre et décapité trois Marocains, ce sont des *racusettes*. La *racusette* peut aussi être colporteur de rumeurs, de ragots, parfois fonds de commerce d'une certaine presse, d'où l'expression imagée « Racusette, marchand d'gazette ! ».

Rade

Vite, rapidement. « Rade rade » : très vite, et que ça saute ! Par contre, « Raaa-aa-aade » serait la prononcation par un parkinsonien du nom d'une pseudo-ministre française fort colorée et fort belle.

Ragoûtant

Appétissant, visiblement succulent. « Oh regarde, ils ont des croquettes de crevettes maison, ça c'est ragoûtant ! »

Ramassette

Petite pelle en métal ou plastique assortie d'une brosse, destinée à ramasser débris, miettes, verre cassé, poussières, crottes du chien toutes séchées qu'on a retrouvées sous le *bonheur-du-jour*, etc. Souvent rangée sous les éviers, avec le « Dreft », le « Per » ou autres liquides vaisselle, les *lavettes*, les *essuie-vaisselle* et parfois les *torchons*.

Rata

Forme éludée de ratatouille, le *rata* est un mélange de pommes de terre et d'un autre élément. *Rata* aux carottes, *rata* aux poireaux (souvent aussi avec un œuf cru), *rata* aux épinards, *rata* aux haricots, *rata* aux scaroles, etc. Plat probablement aimé par le vaguement-chanteur-hippie-polynésien Antoine, vu qu'il en a fait une chanson.

Rawette

Petite quantité en plus, rab, rajout. « Vous avez assez de la purée de rutabaga ? – Oui… Oh allez, encore une rawette ! »

Ou, chez le boucher, on commande 100 grammes de haché, il en met 115, « OK, c'est bon ». Une définition plus complète serait superfétatoire. Je vous la mets quand même ? (Une petite *rawette* ?)

RECROLER

Voir *Flocher*.

RENON

Chez nous, on ne résilie pas un bail, on « donne son renon ». Le mot peut aussi être utilisé pour résilier un contrat, un abonnement, etc., mais il est plus usuel dans les baux locatifs. Renon Luce : chanteur qu'on entend puis on baîlle.

RESTER

Habiter, vivre. « Ou's'que tu restes ? – À Couillet. – Ah ouais… » Quelqu'un qui habite à Marcinelle, par exemple, et qui ne bouge pas de chez lui, « reste là où il reste ».

RING

Tatami de boxe, obsession de hobbit, demi-hit de Abba, mais aussi ensemble autoroutier entourant une ville ou une périphérie. Équivalent du « périph' » parisien, qui n'est pas un boulevard mais une autoroute. Souvent à deux sens. Ring Est, ring Ouest, ring Nord, ou même, si, si, ring Sud. À ne pas confondre avec Rang, bonbons cubiques à l'ananas.

RIRE

Verbe fondamental dans la langue et l'attitude belges. Il n'y a pas de belgitude sans rire. La truculence fait partie intégrante de la belgitude. L'expression « Rire c'est rire » signifie qu'il y a un temps pour tout : quand on plaisante, on doit être clair, et lorsqu'il faut redevenir sérieux, ben... on ne rit plus ! Il existe aussi une expression très imagée : « Rire c'est rire, mais pischi sul dos dè's'grand-mère et dire qu'elle transpire, ça, ça n'est plus rire ! »

R'LAILLE (À) (wallon)

Beaucoup, à volonté : « Tu veux encore de la sauce ? – Oyi, séééés, à r'laille. »

ROGNONS

Rein. Le terme est utilisé pour ceux qu'on mange, pas pour l'organe vivant. La préparation des rognons est complexe, il faut les faire dégorger afin d'en enlever les résidus d'urine et éviter l'horrible odeur d'urée chaude qui m'en a dégoûté quand ma mère en préparait. Les meilleurs que j'aie goûtés avaient été préparés par le chef Vincent Gardinal au restaurant « Le Prieuré Saint-Géry » à Solre-du-même-nom Une vraie merveille.

ROI

Depuis 1830, notre pays est indépendant et nous, les Belges, avons choisi d'en faire un royaume. Comme on ne voulait pas choisir un roi wallon ni flamand, on a offert le trône à une sorte de jet-setter allemand, une de ces stars que Stéphane Bern aurait adorées, Léopold de Saxe-Cobourg-Gotha. Ainsi renaquit Léopold Ier, roi des Belges, qui fut suivi par Léopold II, lequel conquit le Congo avec l'aide de Tintin (U-Ele-U-Ele-U-Ele a matadi matadé), puis on en a eu assez des Léopold alors on a eu Albert Ier, le roi-chevalier de la Première Guerre mondiale, qui est mort d'un mystérieux et contesté accident d'alpinisme, et dont la femme, la reine Elizabeth, aimait beaucoup la musique classique (d'où le concours de solistes en son nom qui fait chier tout le monde sauf François Jongen et cinq bigottes à la RTBF 2 chaque année). Puis les Léopold nous manquaient, alors on en a pris un troisième avec sa très belle reine Astrid, pendant la Deuxième Guerre mondiale. Ce dernier dut, peu après la guerre, abdiquer en faveur de son fils, le prince Baudouin qui devint Baudouin Ier, « le » roi qui est encore dans le cœur de tous les Belges de notre génération. Monté sur le trône à dix-neuf ans seulement, Baudouin Ier a régné durant quarante-deux ans, jusqu'à son décès soudain en 1993. La reine Fabiola son épouse, était spécialisée dans la nomination des hôpitaux cliniques et maternités, ainsi que dans les coiffures gigantesques. C'est le frère de Baudouin Ier, Albert II, qui règne actuellement, avec sa reine, Paola. Une chanson disait alors : « *Albert Albert Albert Deux, est-ce que tu seras vraiment mieux, que notre numéro un, que c'était le roi Baudouin* ». Quant à Paola, son prénom prête à énormément de jeux de mots (elle aime la crème glacée, mais pas Ola. Elle aime les Vikings mais pas Olaf. Elle aime les stades mais pas la Ola. Oui je sais c'est nul mais je devais le dire, sinon je reste bloqué). Leur fils Philippe devrait lui succéder, ce qui me ravit totalement vu ma mégalomanie personnelle.

Roicler

Rendre, remettre, vomir. « Chérie, remets ta culotte sinon je vais roicler. »

Rouchat

Personne aux cheveux roux. Typiquement, le rouchat pue, du moins selon la légende. Certains *rouchats* puent effectivement, mais c'est parce qu'ils ne se lavent pas ou courent le marathon et donc transpirent fort. L'insulte « sale rouchat » prend alors tout son sens. Par contre, l'expression « laid rouchat » est peu logique vu que beaucoup de roux sont très beaux, surtout ceux originaires de Gaume. Honte ultime, les *rouchats* sont souvent *crolés*, ce qui n'arrange pas leur vie dans les cours d'école (voir *Crolle* et *Krolle*). Les membres de la famille Doneux-Castagnier, cousins éloignés des branquignolesques créateurs du film *Le Petit Baigneur*, sont de célèbres *rouchats* et faux-*rouchats*.

Rrrrrrrrrroooooooo

Interjection signifiant « mais », ou « oh ». Se prononce d'un air surpris ou un peu effrayé. « Rrrrrroooooooo regarde celle-là avec son gros cul ! » ou « Rrrrrrrrrroooooooooooo qu'il était bon ce waterzooi ! ». Se décline aussi en blague : « Monsieur et madame Fin ont un fils, comment l'appellent-ils ? – Roger (« Rrrrrrooooo, j'ai faim !!!) » Pour d'autres blagues aussi nulles que celle-là, voir l'annexe en fin d'ouvrage.

RTB

Radio télévision belge. Au départ, il y avait l'INR (Institut national de radio-télévision), sorte d'ORTF belge né en 1953. Dans les premiers temps, l'INR émettait deux à trois soirées par semaine, en donnant une place importante au théâtre et aux dramatiques. On faisait relâche le vendredi et pendant les vacances. C'est avec l'exposition internationale de 1958 que la télévision belge a commencé à s'étoffer. On a alors vu apparaître un véritable journal télévisé belge (1960), une émission mythique sur les animaux (« Le jardin extraordinaire » en 1965, qui existe toujours) et une émission sportive (« Le week-end sportif », en 1967). En 1960, on parlait de RTB et de BRT, deux chaînes conjointes, l'une francophone et l'autre flamande, qui furent séparées en 1980, telles deux soeurs siamoises (les deux chaînes occupant les deux moitiés, symétriques mais inversées, d'un même bâtiment). La chaîne francophone s'appellant désormais RTBF (Radio-Télévision belge d'expression française). De son côté, la BRT (Belgische Radio en Televisie, jusque-là traduction en néerlandais de Télévision et radio belge) devient la VRT (Vlaamse Radio en Televisie : Radio et télévision flamande), une différence de dénomination témoignant de sa volonté visiblement régionaliste (le terme « belge » étant remplacé par celui de « flamand »).

RTL

Radio télévision Luxembourg, connue en France comme une station de radio périphérique, a toujours été aussi, chez nous, une chaîne de télévision. Elle émet dès les années quatre-vingt, et devient très vite le concurrent « privé » de la RTBF. À présent bouquet de chaînes émettant dans de nombreux pays, elle continue de prospérer, et diffuse en Belgique une version nationale de « Qui veut gagner des millions », où les sommes de départ sont minuscules, les gros gagnants sont rares, et où personne ne gagne jamais le million. Ça reste un plaisir à regarder, pour la tête et le physique des candidats, parfois fort *barakis*.

RUDY LEONET

Intellectuellement, sorte d'Antoine de Caunes belge ; physiquement plus proche d'un pélican.

RUGILE

Difficile, sauvage : se dit d'un enfant qui court, saute, au point de casser des choses ou de risquer de le faire. « Donne un Temesta à ton gamin, Thierry, il est tellement rugile qu'il va encore foutre le *brin* dans mes CD ! » Se dit aussi d'une vieille qui veut toujours monter sur une échelle pour faire la poussière sur les abat-jour de son lustre, alors qu'on lui a dit de faire attention à ne pas se casser le col du fémur encore une fois.

Ruses (Avoir des)

Avoir des difficultés, rencontrer des obstacles. « Ne me donne pas des ruses » : ne sois pas difficile, laisse-toi faire. « Pourquoi as-tu encore laissé Charles-Patrick boire autant de café au souper ? Je vais encore avoir des ruses à le mettre coucher. Deux biberons c'était bien assez ! »

Rwetatpanse

Mot inventé par des rockeurs des années quatre-vingt qui, aux festivals rock de Flandres, pensaient devant les stands vendant des *erwtenpens* (saucisses aux pois), que ça sonnait comme « rwéte à t'panse » (regarde ton ventre). Amusante analogie transcommunautaire.

S

Sacoche

Cabas, sac, panier. Usuellement, petit sac à main (mais pas un sac de luxe, hein – si on traite un Louis Vuitton ou un Delvaux de sacoche, c'est scandale, et ça peut finir en procès).

Saint-Nicolas

Fête des enfants ayant lieu le 6 décembre, équivalent du père Noël des autres pays. Saint Nicolas a un long manteau rouge, une aube blanche et rouge, des gants blancs, des bagues, une mitre et une longue crosse dorée. Il monte un âne, et est suivi d'un Noir nommé père Fouettard (que les Flamands appellent *Zwarte Piet*). Saint Nicolas prend les enfants sur ses genoux et écoute s'ils ont été sages (oui, les pédophiles font ça aussi ; mais là, c'est légal). Père Fouettard écoute, et s'ils n'ont pas été sages, les frappe avec un plumeau (comme les pé... oui on sait). Les enfants doivent laisser près de la cheminée un bol de lait et une assiette avec une carotte pour l'âne de saint Nicolas, et y reçoivent le lendemain bonbons et cadeaux. Les enfants qui ne croient pas en saint Nicolas sont en général abattus, ou l'on vend leurs organes au marché noir (en flamand : *Zwarte Kit*, vu qu'il s'agit de pièces détachées).

Saisi

Étonné et/ou crétin. « N'insistez pas docteur, c'est un saisi. Mieux vaut l'achever – ou « Tu vas lâcher mon bras, espèce de sale saisi... et rouchat en plus !!! »

Saison

Régal. Bière nature très prisée en Wallonie, la « Saison Régal » est meilleure en bouteille bouchée de septante-cinq centilitres.

Salade de blé

En France, on appelle cet excellent légume la mâche. Les Africains francophones l'apprécient énormément mais s'en méfient, d'où l'expression « Attention à la mâche ».

Saligot

Sale, sans gêne, qui mange salement, qui a renversé un verre, fait des taches, se coupe les ongles des pieds n'importe où sans les ramasser, ou laisse traîner de la nourriture (voir aussi *Cucuche* ou *Pourcha*). Parfois sexuel : « Oh, Pascal, c'est bon ta langue, mmm, petit saligot, va. – Oh, oh... Oh, oh mais j'vo d'jà venir moi ! »

Saoulée (ou Soûlée)

Nom féminin désignant un ivrogne, poivrot, personne qui boit énormément : « Tu n'es qu'une saoulée ! » Ou encore : « Va t'coucher, grosse soûlée ! » La soulographie est la profondeur de l'ivresse. « Même dans sa soulographie, il arrivait quand même encore à dire son nom. »

SATCHO (ou SATCHOT)

Petit sac, sachet. Le mot est utilisé couramment pour faire référence aux « paquets » des hommes. On parle de « gros satchot » : « Waaaa ti, qué gros satchot !!! » Exemple : « C'est qui le gars avec le gros satcho ? « C'est Jitrois. – Mais non, pas Jitrois, à côté ! – Ah, lui, ben c'est le célèbre musicien Pliphon Nipiège. – Eh ben dis donc, les vins nature, ça nourrit son homme. – Ah oui, là, y a de quoi faire ! »

SAVOIR

Pouvoir, dans le sens d'« avoir appris comment ». Par exemple : « Je sais conduire. » Ou « Tu sais me passer la cafetière, dis ? », qui signifie « Pourriez-vous de votre main me tendre ce pot de café au bec si phallique ? ». Dans la Wallonie profonde, des personnes ponctuent des phrases de « sais-tu », comme par exemple dans « Elle a l'air jeune comme ça, mais elle est née avant la guerre, sais-tu » ou « C'est un gentil garçon, sais-tu, mais il a de gros problèmes de peau, surtout en bas, et ça lui fait mal quand il s'asseoit et parfois même, ça laisse des marques sur les coussins, sais-tu ». L'utilisation de savoir au lieu de pouvoir s'apprend au feeling. Ce n'est pas donné à tout le monde.

SAVONNÉE

Mélange d'eau et de savon pour nettoyer le sol, ou action de laver au savon. Une bonne savonnée est conseillée pour rattraper un fauteuil si le chat a *pichi'd'sus*, mais il faut frotter énergiquement pour vraiment enlever l'odeur, surtout si c'est un marou (chat mâle, non-castré). Savon noir : sorte de pâte de savon couleur or-brun qui se mélange à l'eau pour faire une *savonnée* sur des carrelââââches.

SCAROLE

Souvent au pluriel : des scaroles. Sorte de salade verte à longues feuilles qu'on ne cuisine que chaude, par exemple en *rata* avec des pommes de terre. Parfois, nom de filles appelées Martine (*private joke*).

SCHEIL-ZAT (*brusseleir* et flamand ; typicité bruxelloise)

Plein, saoul, totalement gris, bourré. Provient de « scheilen », verbe flamand signifiant : loucher, entrecroiser, et donc, par extension, zigzaguer, errer… « J'ai trop bu, je suis scheet zat ce soir », ou « J'ai trop bu, je suis complètement noir ». Arrive très peu souvent aux politiciens flamands, vu qu'ils tentent de se démarquer de l'image de certains politiciens wallons.

SCHERP (*brusseleir* ; typicité bruxelloise)

Faîte, cime, tranchant. Par extension, limite, discutable. « Un peu scherp » : un peu juste, un peu limite.

Toute comparaison aux nazis, c'est « scheip », comme exemple.

SCROTTER

Voler, chiper. « Waaaaa, ti, qué beau cartable que t'as, tu l'as acheté où ? – Je l'ai scrotté au Cora. »

SÉÉÉSS (nombre de « é » et de « s » variable)

Savez-vous, voyez-vous, sais-tu. « Et tu l'as embrassée ? – Oyi séééss ! » : « Oh oui, bien sûr, tu parles ! »

Sélim Sasson

Si Miles est le plus grand jazzman de tous les temps, son anagramme Sélim est chez nous une légende. Journaliste mythique, présentateur du « Carrousel aux images », émission sur le cinéma de la RTB de 1961 à 1986. Véritable ami des stars et des réalisateurs, il leur demandait de se mettre en scène dans les interviews et de « jouer » avec lui. De nos jours, un rêve inaccessible pour tout journaliste cinéma. Sélim reste une légende, et il ne sera jamais remplacé, malgré les efforts consistants et substantiels de ses héritiers, Philippe « witte bril » Reynaert et surtout le fringant et sensuel Hughes « méwirudi » Dayez (Rtébéens contemporains). Bravo Sélim.

Semble bon

Expression signifiant qu'on prend du plaisir à manger quelque chose, qu'on le mange avec appétit. « Ça me semble bon » : j'adore ça. Si on est heureux de voir quelqu'un prendre du plaisir en se baffrant de quelque chose avec appétit, on lui demandera : « Ça va, ça te semble bon ? »

S'enguirlander

Se disputer mutuellement, s'engueuler. Se faire enguirlander : se faire gronder, se faire disputer.

Sept

Chiffre entre six et huit. En France, s'écrit et se dit « six-et-un » mais se prononce aussi « seupeuteu ».

Septante

Façon beaucoup plus simple de dire le chiffre qui est le résultat de l'addition 60 + 10. En France, se dit aussi cinquante-vingt.

Ah ! Quelle belle décennie que les années *septante*. Pour le reste de ce sujet, voir *Nonante*.

SERVICE MILITAIRE

Comme en France, ancienne obligation contre laquelle les pieds plats ou la fausse objection de conscience étaient la parade idéale. Mais en Belgique, on a longtemps eu le choix, entre un service militaire de deux ans en Belgique et un service plus court, mais en Allemagne. De nombreuses casernes de l'armée belge avaient en effet été installées sur le territoire allemand après la guerre. En 1946, il y avait un peu plus de quinze mille militaires belges en Allemagne. En 1950, il y en avait quarante mille ; entre 1960 et 1970, ce nombre était, *grosso modo*, de trente à trente-cinq mille. Outre des militaires de carrière, nos miliciens pouvaient aussi aller y prester leur service. Ainsi, des familles entières de Belges y vivaient ; certains y sont nés et y ont grandi, jusqu'au rapatriement des troupes dans les années *septante* et quatre-vingt. Les derniers militaires belges ont quitté l'Allemagne, Vogelsang en l'occurrence, en décembre 2005.

SHNOLL (ou SCHNOLL)

Foutu, fatigué, kaputt. « Marcel, je te le dis, si tu continues à courir comme ça en short dans le cratère de ce volcan, dans deux heures, tu es schnoll. »

SI EN CAS

Au cas où. « Si en cas tu vas chez ta mère, dis-lui de me rendre ma grosse cuillère à sauce. » Peut aussi signifier « si l'occasion se présente », relatif à une condition pré-énoncée, comme dans « Dis chou, si tu vas à la ville basse et que tu trouves une place à garer, alors va chez Mandenac chercher du coulommiers à l'huile de truffe, ok ? Enfin, si en cas ».

Si fait

Affirmation appuyée, qu'on pourrait traduire, selon les cas, par « Mais si », ou « mais non » ou « absolument ». Exemple : « Dis Manu, tu n'as pas donné à Valérie ce DVD sur l'accouchement des okapis qu'elle voulait absolument voir ? – Si fait, je lui ai donné lundi, elle l'a déjà regardé trois fois ! »

Signal de Botrange

Nom étrange pour ce qui est en fait le point culminant de la Belgique (et du Benelux en plus, si, si) qui se situe à six cent nonante-quatre mètres d'altitude dans les Hautes Fagnes (à l'est de la Belgique). Oui, chez nous ce n'est pas le mont ceci, le pic cela, mais le « signal » de Botrange. Certaines des autres hauteurs ne s'appellent pas non plus monts, mais « baraques » : la baraque Michel (six cent septante-quatre mètres) et la baraque Fraiture (six cent cinquante-deux mètres). Non, pas friture, mais Fraiture (comme un certain Frédéric), mais on peut trouver des frites tout près, évidemment, comme partout en Begique. Dans les Fagnes, il y a aussi la ville de Ovifat, où on peut faire du ski, de la luge et d'autres choses extrêmement ennuyantes, ou snobs, c'est selon. Je dis juste ça comme ça, parce que je trouve le nom particulièrement ridicule. Ovifat. Ovifaâââât. Pfff...

Sin d'jeu

Saint Dieu. Injure commune quand quelque chose vous énerve une seconde fois. La première fois on regarde d'un air ennuyé, la seconde fois on dit : « Sin d'jeu, y' n'ont né co fini ?? »

Sinssi (ou Sinsi)

Sorte de *snul*, de *baraki*, de *biesse*, de *saisi* ou de neuneu. Sot, fou, idiot « Hé Sinssi, bouge ta Lada ! »

Sirop de Liège

Contrairement à ce que ma mère, Simone Gobert de Jumet-Gohyssart, a essayé de me faire croire quand j'étais enfant, le sirop de Liège n'est pas fabriqué à base de caca de singe ! C'est une délicieuse mélasse de poire, pommes et dattes, qu'on étale sur le pain ou les biscottes, et qu'en Belgique on aime beaucoup plus que le Nutella et ce genre d'horreurs chocolatées. On peut également le manger sur le bout de son doigt en faisant une grimace. Au départ, dans le pot, ça paraît dur et un peu caoutchouteux, mais plus on entame le pot, plus c'est coulant et délicieux. C'est magique. Attention il y en a des faux, dans des pots orange pour la variété aux abricots et dans des pots violets, pour la variété pompes funèbres aromatisées aux morceaux de cadavres, mais on n'en veut pas. Le vrai pot de sirop de Liège est vert et fier de l'être. Allez les Verts !

Six-quatre-deux

Fait n'importe comment. « Un plan à la six-quatre-deux » : un plan incohérent, qui a été fait à la va-vite, sans préparation ni réflexion. Se dit aussi d'un objet mal conçu, ou trop bon marché pour être solide : « Oh ça c'est un vélo à la six-quatre-deux, tu aurais bien mieux fait d'en acheter un chez Cachera. »

Skette-braillette

Littéralement, « casse-braguette ». *Sketter* : casser, briser, rompre. Qualificatif de certains morceaux musicaux qui n'existent plus de nos jours : les slows. Un slow *skette-braillette* était tellement langoureux et romantique qu'il permettait le rapprochement pelvien des personnes sous les projecteurs et les boules à facettes. Nombre d'entre nous avons été conçus lors de sessions fougueuses de rentre-dedans sur le siège arrière de la 404 de papa, suite à un roulage de pelle sauvage et profond pendant un slow *skette-braillette*. Remercions Procol Harum, 10cc, The Eagles ou encore Witné et son grand front pour la croissance démographique de nos contrées.

SKETTVOU

Skettvou : que voulez-vous ?

SNOTTEBELLE (ou SNOTTE)

Crotte de nez ou morve (semi-séchée, qu'on peut lancer en boulettes ou coller sous les tables ou bancs d'école) (voir aussi *Mouflette*). La *snotte* est le mucus coulant qui sort de la narine de manière impromptue, alors que la *snottebelle* est le « morceau », la crotte de nez proprement (enfin bon) dite, celle qu'on peut lancer, catapulter, ou manger.

SNUL

Individu un peu handicapé au niveau int-int-intellectuel. Petit peu lent, renfermé sur lui-mêêême. « Les Snuls » : groupe de talentueux humoristes ayant fait une belle émission drôle à la fin des années quatre-vingt sur Canal Plusse. Certains ex-Snuls ont été à la base du show « Jaadtoly » et du dessin animé « Pic Pic André ». Les Snuls ont eu un fan-club aquatique qui se réunissait à la piscine Hélios de Charleroi le dimanche matin et dont j'étais le président aquatique. Ont aidé au début de la carrière du beau et talentueux Bouli Lanners, de Eddy Cordy (le fils caché d'Eddy Merckx et Annie Cordy) et aussi des *chicons*.

Sonner

Téléphoner, appeler par téléphone (ou GSM). « Bertha, chouuuuee, tu demanderas à ta mère si elle a encore besoin de cadavres de ragondins séchés pour sa soupe, ou si elle a assez ainsi ? Mais faut que je le sache avant quatre heures, hein, après je me lave. – Ça va Dimitrios, quand je serai chez elle, je te sonne et je te dis quoi. » Le verbe se décline en *ressonner*, qu'on écrit avec deux « s » sinon ça se prononcerait comme « résonner », ce qui serait idiot, et signifie rappeler quelqu'un par téléphone, comme dans cet exemple : « Chou, tu dois ressonner à ton patron, il a un truc à te demander. »

Soret

Hareng fumé, aussi appelé *kippers*. On le mange en général avec des pommes de terre « à la buse ». Une *buse* est une sorte de timbale en métal noir qu'on mettait sur le feu et qui faisait office de four. Les pommes de terre y étaient cuites avec leur peau, d'où l'expression « pommes de terre en chemise ». La célèbre chanson de Bob Deschamps, « Un soret, des gros canadas, caaaanadas din'l'buse », est un hymne truculent wallon bien connu.

Sour

Babiole, vieillerie. « Des sours » : des vieux objets n'ayant plus de valeur, qui encombrent, des *brols*. « Qué vi sour ! » : « Quel vieux bazar ! »

Spè (ou Spais)

Épais, fort, puissant. S'utilise aussi dans un sens figuré. En goûtant une sauce, on pourra dire « C'est du spè ! » pour signifier qu'elle a énormément de goût. En lisant un contrat, on pourra dire « Eh bien, c'est du spè ! » : c'est du sérieux, rien n'est laissé au hasard. À ne pas confondre avec « C'est du speck » (lard fumé italien) ni avec « C'est du spem » (étonnement asiatique devant une éjaculation inattendue).

Speculoos

Biscuit traditionnel à la cassonade et au beurre, aromatisé de cannelle (ainsi que, selon les recettes, de girofle, muscade, gingembre et/ou anis). Les petits formats sont traditionnellement servis avec le café (et destinés à être trempés dedans). Les grands formats (cinquante centimètres de haut et plus) peuvent aussi représenter des figures telles que saint Nicolas, un chien, euh… je ne sais pas moi, ce que vous voulez ! Les meilleurs speculoos sont fabriqués depuis près de deux siècles par la célèbre maison Dandoy, biscuitterie bruxelloise dont le très beau magasin, tout de bois décoré, est situé entre la Bourse et la Grand'Place.

Speppieux (ou Speppieu)

Pointilleux, chicaneur, près de ses sous et un peu bête avec ça. Quelqu'un qui chipote pour des peccadilles. Un qui regarde à rien.

Stéphane Steeman

Grand prêtre de l'humour belge, il est respecté pour tout ce qu'il représente. S'il se produisait autrefois en duo avec Marion, il a eu par la suite une carrière solo, sous son nom puis sous le pseudonyme de Madame Gertrude (un peu comme Sim en France avec son personnage de la baronne de la Tronchenbiais). Il est également connu pour son incroyable collection d'objets Tintin et ses connaissances encyclopédiques sur le sujet. Bravo Stéphane Steeman !

SPITCHEROULLE (ou SHPITROULLE)

Pulvérisateur. On appelle aussi le contenu des pulvérisateurs de produits de nettoyage du « Pichitttt Pichitttt » mais le terme est également connu en France dans le jargon des femmes de ménage d'origine et pilosité portugaises, comme s'en est largement fait l'écho Charlotte de Turckheim.

STIJF (flamand)

Raide, guindé. « C'était bon, ce resto, mais le service était stijf. » « Oh didjoss cette vodka c'est stijf ! » (très fort, très sec).

STING (ÇA) (*brusseleir* ; typicité bruxelloise)

Qui pue. Mais « Ça sting ! » signifie aussi « Regarde, là, le chanteur de Police ! – Ce vieux avec une énorme barbe, un bonnet en peau de yak et une lyre antique ? – Oui, c'est lui.. heu, je sais, il a un peu mal tourné ».

STITCHI

Foutu. « Mau stitchi » : mal foutu. Signifie aussi fourré, fourni. « Qui est-ce qui m'a stitchi un imbécile pareil ? » : « Qui m'a fourré un collaborateur aussi nul ? »

STOEMELING (EN) (ou STOEMMELING ; *brusseleir* et flamand ; typicité bruxelloise)

Mot bruxellois mais assez répandu dans le Sud. En douce, en catimini, discrètement. Tout peut être fait *en stoemmeling* : filer d'une soirée barbante, siester pendant les heures dans les WC du bureau, prendre dans la caisse…

STOEMP

Purée de pommes de terre et de légumes, sorte de version flamande du *rata*. À ne pas confondre avec une troupe de percussionnistes pédestres new-yorkaise, ni avec le dernier son qu'a émis Mike Brant.

STRONJER [prononcer stron-gnié]

Tuer, tordre le cou à, détruire. « J'ai attrapé le rat, et je n'ai fait ni une ni deux, je l'ai stronjé !!! »

STROTJE (*brusseleir* et flamand ; typicité bruxelloise)

Ruelle, petite rue, et, par extension, quartier. « Ça est les crapuleux de ma strotje qui m'ont appelée comme ça parce que je suis trop fière pour sortir en cheveux ! » Madame Chapeau (oui, je sais, j'ai déjà cité cet exemple deux fois mais bon, c'est mythique ; Et puis c'est MON livre !!! Allez ! Pfft Pfft Pffftt !).

SUCER DE MON POUCE (JE NE PEUX PAS LE)

« Je ne peux pas le sucer de mon pouce » : « Comment veux tu que je le sache, je n'aurais pas pu imaginer ça. »

SULDOU

Une personne « une miette sul'dou » est une personne retardée, crétine, ou très *biesse*. « Mais il ne comprend rien, celui-là ! – Oh il est une miette sul'dou. – Aaaahhhh ! ok, ok, ok. »

SYLLABUS

Notes de théorie qu'on reçoit à l'université (retranscription du cours, généralement en photocopie ou imprimé).

T

TANTÔT

Contrairement au français où il ne pointe que vers un passé récent, « tantôt », en Belgique, peut aussi pointer vers un futur proche. « À tantôt » : à tout à l'heure, on se voit plus tard. « Quand m'apporteras-tu la culotte de Marie-Jeanne que tu voulais que je rapièce ? – Oh je te l'apporterai tantôt. – D'accord ! » À ne pas confondre avec « Tantou » qui est le nom affectif qu'on m'a demandé d'utiliser pour m'adresser à ma Tante Oliva de Woluwé-St-Pierre. Elle vient en plus de fêter ses 80 ans. Allez, tous ensemble : Bon anniversaire Tantou !

TAPER LE CUL PAR TERRE (À SE)

Tomber à la renverse, tomber sur le cul. « C'est à se taper le cul par terre » : c'est incroyablement étonnant, ou incroyablement bon. « Putain monsieur Truletto, vos fondus au parmesan sont à se taper le cul par terre ! »

TAPIS PLEIN (ou PLAIN)

Moquette. A été longtemps un signe de richesse, mais ces temps sont révolus. Ceux d'entre nous qui ont vécu leur enfance dans une maison carrelée en recouvrent généralement leurs sols avant de réaliser vers l'âge de 50 ans qu'un parquet c'est encore mieux, et d'appeler Pascal Sandri, « le » spécialiste dans cette catégorie. Paradis des acariens et des miettes de croissant au massepain, la moquette est aussi un élément indispensable dans la chaîne naturelle de reproduction des mycoses, et aussi des bacilles de la lèpre (d'où le peu de moquette qu'on retrouve dans les cases des villages maliens et ougandais). Si on dit d'une fille qu'elle aime bouffer la moquette c'est souvent une allusion à ses mœurs sexuelles (dans ce cas on utilisera également les néologismes « Lécheuse de timbres », ou « Mangeuse de tarte au poil » ou « Fan d'Arlette Chabot » ou « Rockeuse de Diamant »). Et enfin, nos amis souffrant d'une faible rétention sphinctérienne seront heureux que je pense avec miséricorde à eux en précisant que, si la moquette est de couleur sombre et/ou chamarrée, on peut s'y asseoir tout nu sans peur d'y laisser une trace. Saligots.

Tchesse pèlette (wallon) [prononcer tchèss pèlète]

Chauve. Littéralement « tête pelée ». Par exemple, en voyant un chauve tentant de cacher sa calvitie par une longue mèche qui s'envole au vent, on s'exclamera : « Rwééte èl tchesse pèlette rola, avè ses long pwé, qu'il a l'air biesse ! » N.D.L.R. : on ne peut pas faire confiance à une personne qui porte une perruque (voir *Moumoutte*).

Tchiniss (ou Chiniss)

Bordel total, désordre, situation compliquée requérant parfois qu'on lance ses bras en l'air en râlant : « Qué tchiniss ! »

Tcholle

Bite, pine, *quette*, braquemard, membre viril, phallus, plastic bertrand, vit, queue, sexe masculin. « Rentre ta tcholle Éric, ta femme arrive ! »

TCHOUK TCHOUK NOUGAT

Slogan des vendeurs de *carabouillats*, et surnom de ces derniers – et je m'en excuse.

TCHOULER

Pleurer, sangloter de manière forte et sonore. « J'ai tchoulé comme un veau tout la nuit, assis sur le bidet » (« Jaadtoly », voir *Snul*).

TENNE [prononcer Tènnè : avec deux « è » secs et un double « n » bien marqué]

Littéralement, « tenez » : voici, voilà, lorsqu'on donne quelque chose qui vient d'être demandé ou réclamé par quelqu'un. « Tènnè, voilà vos vibromasseurs suédois », dit l'employée à Jules et Arthur, qui les avaient commandés depuis fort longtemps, ma foi.

TIRER SON PLAN

Se débrouiller, faire avec ce qu'on a. Je tire mon plan. Une personne qui tire toujours son plan est McGyver. Besoin d'une fusée ? Mais donnez-lui une ficelle, un peu de Destop et une aubergine, et McGyver va tirer son plan. Besoin de feu ? Mais donnez à McGyver des allumettes, du papier et du bois, et je suis sûr qu'il tirera son plan. Besoin d'un chien empaillé ? Mais donnez-lui un chien mort, de la paille, une pince à escargot, du sirop de Liège et une truelle, et hop, il tirera son plan. Il faudrait envoyer McGyver en Palestine, je suis sûr qu'il tirerait son plan pour trouver une solution au problème des territoires au cul-paix. Autre exemple : « Maman, je peux avoir du chocolat ? – Il est dans l'armoire, mon chéri. – Mais Maman, je n'ai pas de bras ! – Mais mon chéri, tu sais bien : pas de bras, pas de chocolat ! – Mais Mââââââmaaaannnn ! – Oh, tire ton plan ! »

Tof

Super, classe. Mais attention : « Oh ça c'est tof » peut vouloir dire « Oh c'est vachement bien » ou « Tiens, voici Christophe ».

Toilette (La)

Aller à la toilette, ou aller à la cour, ou aller tchiiirr. Contrairement à « les toilettes » comme on dit en France, où il faut en faire plusieurs avant d'en trouver une propre.

Tomber faible

S'évanouir, avoir une syncope. « J'ai vu Frank Michael, et je suis tombée faible. Que j'avais l'air biesse à terre avec ma cote relevée ! »

Toquer

Frapper à la porte « J'ai été chez marraine, j'ai toqué, mais il n'y avait personne, ou alors c'est qu'elle avait fait du vin chaud à midi » ; « Oh mais, qui est-ce qui vient toquer un dimanche ? Jules, va voir ! – Rrrrroooo, c'est cor les Jehovah. Monique, passe-moi le Baygon ! »

Torchon

Morceau de tissu très résistant et rugueux, qu'on utilise pour nettoyer les sols, ou ramasser du vomi. Les Français l'appellent serpillière, ce qui en belge ne veut *rien* dire, sauf si vous tenez dans vos bras un nommé Pierre. Et en plus, nos amis hexagonaux insistent dans l'absurdité en prétendant unanimement que « torchon » veut dire « essuie-vaisselle », ce qui est aux limites de la folie furieuse… Pfff… « Rrr-rooooo, Manu, Valérie est partie à la toilette, va vite demander un torchon à Roland. *Abi* ! » (voir *Abi*).

Tottin

Maniaque, qui fait les choses trois fois au lieu d'une, ou lentement, et qui énerve tout le monde. Ou qui répète toujours la même chose et lasse, fatigue. Très proche de *bèzin*. Féminin : *tottenne*. « Ma mère est plus *bèzenne* que *tottenne*, et ça ne s'arrangera pas avec l'âge. Et mon mari dit que c'est héréditaire. Le fourbe. »

Toudi (wallon)

Toujours. Le mot trouve son étymologie dans le latin *die* qui signifie le jour (*toudi* : « tous les jours »). « Elle me l'avait toudi promis, une belle petite gaiolle pour mett'em'canari ! » : extrait d'une chanson traditionnelle wallone de Julos Beaucarne (chanteur wallon aux pull-overs multicolores) qui signifie « Elle me l'avait toujours promis, une belle petite cage pour mettre mes bengalis… » Troulala troulala troulalalalère.

Trappiste

Adjectif pointant vers une marque de moines. En Belgique, une trappiste est une bière, souvent brune ou ambrée, toujours forte, et créée au départ dans une abbaye. De nombreuses trappistes sont à présent brassées dans des usines en Flandres ou ailleurs, mais certaines restent produites dans leur abbaye d'origine ou par des brasseurs du même village. La meilleure est l'Orval, qui se boit par bacs de vingt-quatre quand on s'appelle Olaf, Alfred (chanteur wallon), en fait prénommé Wilhelm ou Philippe et qu'on se trouve au mythique café « Le Barbuze » dans les années 1980-1981.

U - V

UN, DE

« Eh bien, tu en as une grosse, de voiture. » Manière de singulariser et d'insister sur le caractère hors norme d'un adjectif ou d'un état. Peut être utilisé comme on dirait « un beau » en français. Par exemple, « Eh bien, tu es un beau salaud » devient « Eh bien, tu en es un, de salaud ».

UNE FOIS

Grand classique des mauvaises imitations de Belges, cette locution est pourtant très peu utilisée dans le belge parlé. NON, messieurs et mesdames, nous ne disons pas tout le temps « une fois ». Mais dans un style ancien, et surtout dans le *brusseleir*, on peut dire « Donne-moi une fois le marteau » pour dire « Peux-tu me donner le marteau » : c'est une manière de demander quelque chose gentiment. « Fais-moi une fois une baise, va », indique qu'on demande cela avec affection, comme si on en avait besoin là, tout de suite. « Oh arrête une fois de te plaindre de ta femme, on le sait qu'elle est moche et chiante » signifie : « Mais vas-tu arrêter de te plaindre de ta charmante épouse qui est comptable mais qu'on aime beaucoup, malgré son impétigo et son bec-de-lièvre ? »

URINAL

Ustensile en plastique qu'on utilise pour uriner au lit, commun dans les hôpitaux et maisons de retraite, ainsi que chez certains sots naturopathes qui aiment boire leurs urines la nuit. En France on appelle ça un pistolet. Nous, un *pistolet*, on le mange le matin avec de la confiture ou du bon beurre. Que le monde est compliqué.

VALISETTE

Nom donné aux sacs en plastique fins à anses dans lesquels les épiciers peu écologistes mettent les courses, ou dans lesquels des marchands de frites placent les frites à emporter. Exemple à Mont-Sainte-Aldegonde : « De la sauce sur les frites ? Donne une valisette. Monsieur est de l'atelier. » (POUM.) « Oh sin'd'jeu. » (The beauf, dans « *Hitoy* », hit mondial wallon du groupe à;GRUMH… en 1986).

VIANDELLE

Fricadelle entourée d'une croûte fort grasse. Également ex-présentateur du « Journal du hard » sur Canal +.

VIDANGE

Comme, en France, on dira qu'on « fait la vidange » d'un réservoir ou d'un moteur. Mais chez nous, la vidange est aussi le contenant vide d'un liquide, quand il est consigné (en France « une consigne »). Par exemple, les vidanges de bière, les vidanges de lait.

VILLES

Les villes de notre pays ont souvent deux noms, un en français et un en flamand. Ceci est particulièrement ennuyant pour les étrangers qui viennent nous rendre visite afin de s'abreuver de la joie de la belgitude, le temps d'un court congé de leur vie horrible. Par exemple, si l'on vient d'Allemagne, on peut voir des panneaux pour « Lüttich » ; dès le passage de la frontière, ils indiquent « Liège », puis, parce qu'on entre brièvement en zone flamande, « Luik », puis de nouveau « Liège ». Comment voulez-vous qu'un Polonais s'y retrouve ? Ce problème existe évidemment dans d'autres pays (le pays qu'on appelle la Grèce se nomme en fait Hellas, donc le monde entier devrait dire Hellas, et l'Allemagne, que les Anglais appellent Germany, se nomme en fait Deutschland). Il serait beaucoup plus simple qu'on donne aux pays et aux villes le nom exact qu'ils ont dans leur langue locale. Mais qui saurait de quelle ville sirénienne on parle si on écrit København et qu'on le prononce « Keu Beune Hab Neune » ? Enfin bon... En Belgique, les problèmes communautaires entre Flamands et Wallons n'ont pas simplifié les choses. Plutôt que de garder tous les panneaux avec les deux orthographes, ou plutôt que de décider, une fois pour toutes, de ne garder que le nom des villes en langue locale, la communauté flamande a décidé que, sur son territoire, on n'écrirait plus les noms de ville qu'en néerlandais. Exit donc Liège/Luik ou Antwerpen/Anvers, et : « Luik » est indiqué seul partout en Flandres, comme Bergen (Mons), Namen (Namur), etc. Pour certaines villes, ça reste cohérent, mais ça se complique, par exemple, quand Braine-le-Comte devient 's-Gravenbrakel (prononcez « Sss Khhhhrhhhâââ Veune Brâââââ Keulll »), nom qui nécessite un parapluie pour se protéger des postillons.

VITOULETS

Boulettes de viande (voir aussi *Ballekes*), qui peuvent être consommées chaudes, genre avec sauce tomate et frites, ou froides. Mouni, de Charleroi, est le grand spécialiste mondial des *vitoulets*, ayant longuement conféré à ce sujet avec des sommités de la gastronomie comme Jean-Pierre Bruneau ou Sidney Slaviero. Le *vitoulet* est un sujet sérieux, qu'il ne faut pas évoquer à la légère. Il est un des éléments fondamentaux maintenant sur pieds l'écosystème et la société belges.

VOGEL PICK (AU)
(*brusseleir* et flamand ; typicité bruxelloise)

Hasard : faire quelque chose *au vogel pick* signifie littéralement « lancer une fléchette les yeux fermés ». Idée de faire les choses de manière empirique, aléatoire, sans base de travail.

VOLLE GAZ
(*brusseleir* et flamand ; typicité bruxelloise)

Vite, rapidement, à toute vitesse. On dit aussi *volle petrol* : « Tu ranges ta chambre et volle petrol ! », mais vu la pénurie annoncée de ce précieux liquide, on ne le dira plus longtemps, et moi, je ne vois pas les gens dire « volle éolienne » ni « volle taïque ».

W - Z

Waaaaa (ti)

On l'utilise un peu comme *Rrrrrooooooo*, pour montrer ou faire remarquer quelque chose d'étonnant. « Waaaati regarde là, la fille, qué grosses loches ! » ou « Waaaaaati, dis Hiroshi, c'est piquant cette plasticine verte qui était sur le coin de l'assiette ».

Wachoter

Secouer avec une certaine délicatesse. D'où : aérer du vin en faisant tourner le verre.

Wallon

Les habitants du sud du pays sont la seconde sous-espèce du Belge. Le Wallon est souvent cool, calme, gentil, attaché aux traditions et à la terre. De vilains caricaturistes flamands le dépeignent parfois comme rougeaud, paresseux, chômeur, retardé, ou lent. Mais ils se trompent : ils parlent en fait du *baraki*. Le ministre Michel Daerden est un exemple étonnant et flamboyant de la qualité wallonne : travailleur le matin, gai l'après-midi, bourré le soir. La langue wallonne est le wallon (dingue, hein ?), qu'on parle différemment selon les villes et les régions. Il existe de la littérature wallonne, du théâtre wallon, et de nombreux produits wallons qui sont aussi listés dans ces pages. La Wallonie est une terre d'accueil, complexe et belle, qui a, au propre comme au figuré, bien plus de relief que la Flandre. De plus, le Wallon est un aventurier puisqu'à chaque croisement de chemin il peut déclarer « Wallon-nous ? ».

WARGNACE (ou WARGNASSE)

Sorte de *baraki*. Plutôt femelle.

WATERZOOI (flamand)

Littéralement, « eau qui bout ». Spécialité culinaire belge de poisson ou de volaille, servis dans un bouillon à la crème avec des petits légumes. L'appellation originelle est *Waterzooi gantois*.

WITLOOF

Voir *Chicon*.

ZIEUTER

Regarder, observer, surveiller. « Zieute le grand maustampè rola ! Qu'il est laid ! Et crole en plus ! »

ZIEVEREER (*brusseleir*)

Un individu louche, un vagabond, sorte de *baraki* bruxellois, le *zievereer* est souvent partiellement édenté, et chante dans les cabarets en fumant cigarette sur cigarette et en buvant des pils.

ZIGOMARD

Individu étrange, au comportement bizarre ou dont on doit se méfier. « Mais qui est ce zigomard en collant violet ? – Oh, c'est Kiwi Jackson ! – Aaaahhhh oui. »

ZIQUETS (À)

Par à-coups, de manière répétitive. Si on pisse et qu'on arrête le jet, qu'on reprend, et qu'on arrête, on pisse *à ziquets*. Cet exercice est communément pratiqué par les personnes d'un certain âge ayant peur de devenir incontinentes. Ma marraine Renée, par exemple, pisse souvent *à ziquets* de peur de « faire une petite goutte ». Ça ne l'a pas empêchée d'inonder la chaise au restaurant parce qu'elle avait bu trop de riesling. Ah ! comme on a ri (sauf elle).

AJOUTES

(sortes d'annexes, d'addendums ou addende,
ou de rawettes, mises en plus, quoi,
histoire de meubler, mais aussi de préciser,
de broder, de manière créative, mais aussi narrative,
ce dans un esprit de perfectionnisme mais aussi de vagabondage,
un peu comme le centre de visionnage de l'émission nulle part ailleurs
sur la chaîne canal plus, dans le but de contribuer à son amélioration,
dans la mesure où il y aurait lieu de le faire)

Ajoute 1

Remarques sur la prononciation du belge

Le belge est une langue qu'il est parfois difficile de prononcer, quand on ne sait pas.

Le plus souvent, ce sont les mots à consonance flamande qui posent le plus de problèmes aux non-Belges. Je prends pour exemple les difficultés apparemment insurmontables que nos amis Français ont eues en novembre dernier, lors de la nomination de Herman Van Rompuy au poste de président du Conseil européen. Outre leurs sarcasmes épinglant le fait que notre cher Herman n'était pas quelqu'un de connu, qui lui ont valu d'être traité de clown ou de fantôme (alors que Jacques Delors était un parfait inconnu lorsqu'il a accédé au poste de président de la Commission, ce qui ne l'a pas empêché de devenir le meilleur à ce poste que l'on ait connu, et ce malgré un accent anglais à mourir de rire : « Wi meusse oll participette. Ail ripette, wi meusse oll participette »), nos pauvre amis d'Oïl et d'Oc ont tout essayé, de « Vent ronne puis » à « Vanné rond pouille », en passant par « Vanne rond pouais ». Alors que la seule et unique bonne prononciation est bien : Herman Van Rompuy, « Hère manne vanne rome peuil » !

De la même façon, qu'est-ce qu'on a ri lors de l'enlèvement, dans les années quatre-vingt, de notre ex-Premier ministre

Paul Vanden Boeynants ! Alors là on a eu droit à tout : « Vent d'eune boé nantesseu », « Vandènne bénant », « Veune beunant »… Alors que c'est si simple : Paul Vanden Boeynants, « Pol vannne deune bouille nante'ss ».

Certains amis français se gaussent de la manière qu'ont les Belges de prononcer le chiffre *huit*. En effet, nous disons « huit », alors que les Français, eux, disent « huit ». Je m'explique. En Belgique, la lettre V et la lettre W ne sont pas les mêmes. En France, si. Les Français sont-ils toujours bourrés au beaujolais nouveau, au point de voir double et de penser que tous les V sont VV et donc des W ? Toujours est-il que chez nous, un V est un V alors qu'un W est un W. Par exemple, nous prononçons wagon « ou-a-gon ». Le son W est similaire à celui de toutes les langues, y compris l'anglais : What, Worcester, Wally Gator, etc.

Dès lors, ayant appris à faire ce son « W » avec notre petite bouche d'enfant, nous pouvons prononcer « Wagon », « Wapiti », « Wisigoth », « Wattman » et « Wallonie » correctement : pas « Vallonie » comme « Vallon » (amouuuur et gloiiire) mais « Ou-a-lo-nie » comme « Wa-llon » ! Et ayant appris ce son, nous pouvons donc prononcer correctement « huit » en disant « wit » et non pas faire une bouche-en-cul-de-poule pour dire « uuu-ittt » en posant à Auteuil en polo Lacoste dans une décapotable BMW (« Bé-hèmm-oué »).

Ainsi, l'Internet est beaucoup plus facile à prononcer en belge qu'en français. En effet, le suffixe technique « www » qui hexagonalement se prononce « double-vé double-vé double-vé » (neuf syllabes, fort éprouvantes) se dit chez nous « wéwéwé », ce qui se prononce (pour ceux qui n'ont pas encore compris) « oué-oué-oué », soit TROIS syllabes. Ceci simplifie énormément la vie.

Un autre mot difficile à prononcer « quand on ne sait pas » est « Bruxelles ». Il y a un X dans le mot et la logique voudrait qu'on le prononce. Mais c'est là que le surréalisme belge prend toute sa dimension. En effet, le nom ancien de Bruxelles, fondée au VIIe siècle, était Bruoscella (en langue germanique *bruoc* désigne le marais et *sala* la salle ou la maison). C'est ce S et ce C qui deviendront, par juxtaposition, un X. Mais on prononce « Brussèlle », d'où, d'ailleurs, les orthographes néerlandaise (Brussel) et anglaise (Brussels). Tous les gens qui y sont passés et ont fait un peu attention le savent, et c'est ainsi qu'on peut remarquer si quelqu'un est déjà venu à Bruxelles à la manière dont il en prononcera le nom. Je vérifierai.

Ajoute 2

Blagues « Belges *vs* Français »

Sur base de ce dictionnaire, voici quelques bonnes blagues sur les Belges, ou par les Belges…

« Si les Français aiment autant les blagues belges, c'est parce qu'elles sont faciles à comprendre ! »

« Pourquoi les Belges dorment-ils le doigt dans le cul ? Parce qu'ils ont peur que ça cicatrise. »

« Pourquoi les Belges courent-ils à la fenêtre quand il y a de l'orage ? Pour être sur la photo. »

« Pourquoi les autoroutes en France ne sont-elles pas éclairées ? Parce que les Français se prennent pour des lumières. »

« Un Belge se fait opérer du cerveau dans une clinique expérimentale. Il est anesthésié, mais reste conscient pour l'expérience. On lui enlève le quart du cerveau, et on lui demande : "Comptez jusque trois. – Un, deux, trois." Les médecins enlèvent un second quart de cerveau. "Comptez encore. – Un, deux, trois." Ils enlèvent encore un quart, et le patient compte toujours aussi bien : "Un, deux, trois." Les médecins enlèvent le dernier quart, lui demandent une dernière fois de compter, et le patient dit alors : "Een, twee, drie." »

« Un gars rend visite à un de ses amis belges qui vient juste d'être papa. Voyant le nourrisson dans son landau, il tombe en admiration. "Comme il est beau ! Et ça lui fait quel âge ?
– Quinze jours", répond le Belge. "Et comment s'appelle-t-il ?
– Ben ça on ne sait pas, il ne parle pas encore." »

« À quoi reconnaît-on un Belge dans un sous-marin ? C'est le seul qui porte un parachute. »

« Comment appelle-t-on un livre belge qui se vend bien ? Un *biesse seller*. »

« Comment faire fortune ? Tu achètes un Français au prix qu'il vaut, et tu le revends au prix qu'il s'estime. »

« La différence entre Dieu et un Français qui sent bon ? Aucune. On aimerait y croire mais faut bien se faire une raison. »

« Monsieur et madame Fin ont un fils : Roger : Rrrroooooooo j'ai faim ! »

« Deux Belges louent une barque pour aller à la pêche. Une fois installés, le premier dit : "Ça est très bon pour la pêche ici, on devrait faire un X dans le fond de la barque pour marquer l'endroit." Le deuxième répond : "Mheuuuu non, si ça tombe, on n'aura pas la même barque la prochaine fois…" »

« Un Belge dit à un Suisse : "C'est quand même bizarre que vous ayez un ministère de la Marine en Suisse…" Et le Suisse de rétorquer : "Pourquoi ? Vous avez bien un ministère de la Culture en Belgique !" »

« Monsieur et madame Saussur-Lèfritt ont un fils : Faudel. Faut del'sauce sur les frites ? »

« Pourquoi est-ce que les Belges ne produisent pas beaucoup de poulet ? Parce qu'ils plantent les œufs bien trop profond »

« Monsieur et madame Jattdecafé ont une fille : Corinne. Cor une jatte de café ? »

« À Paris, un homme ivre mort, appuyé contre un réverbère qui lui sert de seul soutien, lutte contre l'adversité et la gravité terrestre réunies. Passe un gendarme qui le sermonne : "Vous n'avez pas honte de vous mettre dans des états pareils ? Savez-vous que l'alcool tue des dizaines de milliers de Français chaque année ?" Et l'homme de répondre : "Mmm, mmmm, m'en fous, j'suis Belge !" »

« Un Belge est mort ce matin en buvant du lait La vache s'est assise ! »

« Un escalator est tombé en panne en pleine heure de pointe à Bruxelles, quarante personnes sont restées bloquées pendant cinq heures. »

Ajoute 3

Remerciements réels

Je dois remercier les personnes qui m'ont aidé à réaliser cet ouvrage, notamment les nombreux « équipiers » qui m'ont suggéré des mots ou des concepts à ajouter. Entre autres et dans l'ordre d'arrivée de leurs contributions, Christian Meysman, Alain Anciaux, Pascal « Marie » Remy, Laurence Fiévet, Éric Mazuy, Thom Louka, Philippe Charlier, Odessa Grandgagnage, Rascal de Maeseneire, P4 Jasmes, Micheline et Francis, Laurence Lenne, Pascal et Vincent Doneux-Castagnier, Marcel Lacour, Jean Bossuroy, Jean-Pierre Renard, Roland Kempinaire, Nathalie De Bock, J3 sEUQCAJ, Jean-Luc « Baignoire » Detré et Marianne « MC » Jasmes, Philippe Carly, Gérard Devos, Son Excellence Stéphane *Chipster* Beucher Consul du TABIC et Sa Pilosité Madame l'Ambassadrice du TABIC Ying-Yang Lasserre, Marie Donzel, Michel Moers, ainsi que Marie « l'Amazone » Leroy, Amélie Petit (dont je suis désormais un peu le poulain) et tous les gens des éditions Points qui m'ont porté (et c'est pas peu dire) avec tant d'enthousiasme et d'intérêt. Et, finalement, Rémi Bertrand, auteur belge très perspicace, qui est celui qui a envoyé à mon éditrice l'adresse de ma page web, boutant ainsi le feu à la mèche de cette aventure littéraire, pour le moins, hors du commune-fois.

Ajoute 4

Remerciements ridicules

Je désire également remercier ceux qui m'ont inspiré à un quelconque moment de ma vie, ayant ainsi forgé mon caractère et mon gros esprit, et influencé la manière dont j'ai écrit cet ouvrage : Annie Cordy, Sir Winston Churchill, Peter Gabriel, François Damiens, Bernard Golay, Laura Ingalls, Noam et Jaïro, Tallulah Bankhead, Joséphine Baker, Bruno Coquatrix, Quentin Crisp, François De Brigode, Jeff Bodart, Benoît Poelvoorde, Raimu, Kully, Angus Podgorny et les extraterrestres en forme de *blancmange* de la planète Andromede qui veulent gagner Wimbledon et donc transforment tout le monde en Écossais, mais aussi Keyser Sözé, Gabriel Byrne, Sheila, Rodney Orpheus, Alan Williams des Rubettes, David Walliams et Matt Lucas, Trey Parker et Matt Stone, Katherine MacGregor qui jouait Madame Oleson dans *La Petite Baraque dans la Pâture*, Albator, Goldorak et aussi Actarus et cet idiot de Banta, sans oublier Alcor (ridicule vaisseau) et Venusia cette connasse, Edwina Monsoon et Patsy Stone, Calimero, Richard Anthony, Jean-Daniel Flaysakier (le plus bel homme de France depuis la mort de Bernard Fresson, à part peut-être Joël Lefrançois qui est encore plus beau), Dominique Meyers et Daniel Hanssens (plus beaux hommes de Belgique, mais désespérément si hétéros que ça en devient suspect), Roger Lanzac, Donald Caldwell et Roger Harth, aussi Robert Hirsch, puis Graham Champan, Terry Jones, Terry Gilliam, Michael Palin, Eric Idle et John Cleese, avec une pensée pour Carol Cleveland et Neil Innes (from the Rutland Book of the Dead), les téléphonistes de la maison Puratos, fabrique de farine (surtout entre 1985 et 1987, désolé), monsieur Gigot, Yves Wilmet, pourquoi pas, et aussi Christophe Hardiquest et Kobe Desramaults (miam), puis je ne voudrais pas oublier Danièle Gilbert, André Torrent, Georges Lang et Jacques Careuil, ah non lui je l'ai déjà mis dans le dico, donc ça suffit, oh oui et aussi ma tantine Esther qui était la plus gentille de toute la famille, et la famille Anus, qui d'après ma taty de Leernes avait dû changer de nom parce qu'il y avait des Anus de mauvaise réputation, et aussi Alain Renuart et sa superbe moustache, puis Bernard Cusse de Quaregnon, et le squelette Martin dans *Les Disparus de Saint-Agil*, et Poly, et Mehdi qui jouait Sébastien et qu'on se demande ce qu'il est devenu, et Marc Di Napoli des *Galapiats* et *Deux ans de vacances*, qui lui est antiquaire je ne sais plus où, et Julian Clary, Frank Scantori, Rudy Léonet et Steve Strange, plus une mention spéciale pour Serge Poniatowski, et aussi Didier Dagueneau, René Mosse et Alain Graillot, sans oublier Frédéric Jannin, Bert Bertrand, Thierry Culliford et Fernand, et dans la foulée Piero Kenroll et même David Heyo, ainsi que Jean-Marie Wijnants, Kris Dierick, Herman Schueremans, Christian Kopp et Philippe Fletch, Karl Lagerfeld qui devrait se souvenir qu'il a été gros un jour avant de glorifier la maigreur, Walter Van Beirendonck, Yvan-Chrysostome Dolto, aussi Amélie Nothomb avec qui j'adorerais vraiment manger et boire du champagne (surtout du Sélosse), Frédéric Beigbeder qu'on pourrait traduire par « Mendie Des Comics », Gérard Depardieu homme superbe qui a quand même son gland au bout du nez, ce qui est remarquable, et aussi Shake qui chantait

« *you know i love you* » et Rémi Bricka qui a changé de nom, s'appelle Daniel Van Lint et est chef à l'excellent restaurant « Le Fou est belge », et Larry David et Jerry Seinfeld, ainsi que Éric Stonestreet mon nouveau chéri, puis monsieur Potriquet, Michel Jetebaise et Bernadette, le Rat-Outan d'en face, et Liliane qui s'occupe bien de ma maman qui ne veut plus sortir de chez elle, et à Clémentine Célarié, à W.C. Fields, à Laury Zioui et à Michel & Maxime De Muyncke et à monsieur et madame Sergeant de la maison d'à-côté, et à Maryse du Jardin Extraordinaire, et Arlette Vincent, Edgard Kesteloo et Paul Galand et à Jack Bauer (il n'a pas toujours facile), et Tony, Carmela et Uncle Junior et à The Amazing Cargol (and Janet), et à William dont Clémence est secrètement amoureuse, non, je blague, aussi Garcimore, Bruno Masure, Bob Hoskins et Jeff Garlin, Dame Judy Dench, ainsi que tous les individus à chapeaux drôles que je connais (les Schtroumpfs, les Gilles, les gens du comité de carnaval, les membres de la Guilde des sommeliers de Belgique, les amateurs de chapeau-crêpe, voilà je crois que c'est tout), et Raymond l'ex de Tââââante, et monsieur Steven, et le grand Daniel, et Franklin qui est parti sans dire au revoir parce qu'il me trouvait trop gros pour le sucer, et Loulou, Donald, Morue Chérie, Marc Marlier, Jérôme l'ancien serveur des bouchons qui avait un si beau cul, et puis aussi Cocotte Deneumoustier, Jacques Chirac et Alain Delon, Dany Boon et Line Renaud, Régine et Michou, Jacques Spiesser, oui pourquoi pas, et Bernard Menez aussi, tant qu'on y est, hein, et Pierre Desproges, Daniel Prévost, Pierre Bonte, Jacques Martin et Piem, pour de merveilleux moments, et Roland Topor et Enki Bilal, et André Franquin, et Pierre-François Martin-Laval et Dominique Farrugia, Alain Chabat, Chantal Nobel et Lauby aussi et le merveilleux et éternel Bruno Carette ainsi que toutes les autres marques de tortues, et les éleveurs de pangolins du nord du Sénégal, et le président du Burundi quel qu'il soit actuellement, et Eddie Izzard, Graham Norton et Jonathan Ross, et Jean-Claude Darnal, et merci aussi à l'Abbé Pierre et son enfant de cœur, à Gilles Dreu, et merci aux restes de Jacques-Yves Cousteau, faisant à présent partie du corps de millions de petites crevettes et pêchons, ainsi qu'à tous les scouts de plus de seize ans (loosers !), ainsi qu'aux plongeurs de la Marine suisse et aux éleveurs de perroquets bleus norvégiens, et aussi à Michel et Odette et au Professor Keating, à Homer Wells, à Idgie Threadgood, à Randle Patrick McMurphy, à Loretta Castorini, Bud White, Count Grazinsky & Toddy, à Miss Celie & Shug, à Billy Elliot, « The Dude » Lebowski, Cookie, Forrest, Wolfie et bien sûr Sir Galahad, Zoot et les chevaliers qui disent Ni, sans oublier, pour finir, aux inventeurs du Bounty et des Maltesers, et à tous les gens qui rendent la vie des autres meilleure, plus drôle ou plus agréable.

RÉALISATION : NORD COMPO À VILLENEUVE-D'ASCQ
IMPRESSION : CPI FIRMIN DIDOT À MESNIL-SUR-L'ESTRÉE
DÉPÔT LÉGAL : AVRIL 2010. N°102273-8 (121163)
Imprimé en France

DANS LA MÊME COLLECTION

Anti-manuel d'orthographe
Éviter les fautes par la logique
Pascal Bouchard

À l'école, Pascal Bouchard avait zéro à toutes ses dictées. Aujourd'hui, il est agrégé de lettres modernes. Invraisemblable ? Pas si vous lisez cet anti-manuel qui vous livre ses trucs et astuces pour surmonter les difficultés de la langue française. Oubliez les manuels classiques qui vous compliquent la vie et faites simplement appel à votre bon sens. Avec un peu de logique, tout est possible, même éviter 99 % des fautes d'orthographe !

Points n° 3108

Les mots que j'aime
Philippe Delerm

Les mots sont truculents. Les mots sont savoureux. Les mots sont mélancoliques, surprenants, drôles ou érotiques. Philippe Delerm dresse la liste de ses préférés et raconte leur histoire. Il y a ceux qu'on susurre, et ceux qu'on garde en bouche pour le plaisir. Il y a les timides à qui on fait la courte échelle parce qu'ils sont trop discrets. Et les fanfarons qui roulent des mécaniques. Tous ces mots sont notre famille, notre patrimoine. Ils racontent comme personne notre vie, nos mille instants vécus.
Entre humour et poésie, Philippe Delerm évolue ici dans un registre où il excelle.

Inédit, Points n° 3134

Inventaire des petits plaisirs belges
Philippe Genion

Déguster les premières moules de la saison, vénérer les chapeaux d'Amélie Nothomb, se moquer du Luxembourg, mâchonner goulûment des Chokotoff ou des Speculoos, se faire réveiller par le premier tambour du carnaval : quel bonheur d'être Belge et de pouvoir savourer tous ces petits plaisirs ! Et pour ceux qui n'ont pas cette chance bénie, il suffit de se laisser gagner par la belgitude. Ce livre vous fera mourir de rire, ou de plaisir, c'est selon. Et si ce n'est déjà le cas, vous demanderez vite la nationalité belge !

Inédit, Points n° 3135

Faute d'orthographe est ma langue maternelle
Damiel Picouly

L'écrivain Picouly se souvient du jeune Daniel, écolier fantaisiste et buissonnier. Puni à l'école pour ses fautes d'orthographe, le gamin décide pourtant de se mettre à l'écriture : il veut absolument devenir Proust, et puis ça impressionne les filles !
Ces morceaux a enfance sont profondément drôles et émouvants ; l'auteur y rend un bel hommage à sa mère, elle qui lui a transmis cette langue maternelle.

Points n° 3136

Ciel mon moujik !
Et si vous parliez russe sans le savoir ?
Sylvain Tesson

Vous pensiez que votre vocabulaire russe se limitait à « niet » et à « vodka » ? Ce lexique franco-russe vous prouvera le contraire ! La langue de Tolstoï regorge en effet de mots venus de celle de Molière. Après vingt ans passés à explorer la Russie, Sylvain Tesson nous propose un florilège aussi amusant qu'instructif. Il décortique ici l'origine de ces mots insolites qui ont traversé les frontières. Un « ôpouskoûle » indispensable !

Points n° 3204

Les mots ont un sexe
Pourquoi « marmotte » n'est pas le féminin de « marmot »
et autres curiosités de genre
Marina Yaguello

La langue est-elle machiste ? Pourquoi certains noms comme *orateur* ou *syndic* sont-ils privés de féminin ? Faut-il modifier le genre des mots par attachement à l'égalité des sexes ? C'est à toutes ces questions et bien d'autres que Marina Yaguello répond, de façon érudite mais jamais pédante, fidèle à son *credo* selon lequel la linguistique n'est pas qu'une affaire de spécialistes.

Points n° 3205